我知道我们终将告别，
可我从不后悔遇见你。

我们都要孤独地长大，
请不要害怕。

2011年 & 2015年，青海湖。
岁月如风。

悲歌

elegy

七微　/著

致青春岁月里

陪伴我的每一个同行者

因为有你们

我不惧怕黑夜

Bei Ge

图书在版编目（CIP）数据

悲歌 / 七微著. -- 北京：群言出版社，2015.11
ISBN 978-7-80256-952-2

Ⅰ. ①悲… Ⅱ. ①七… Ⅲ. ①长篇小说－中国－当代Ⅳ. ①I247.5

中国版本图书馆CIP数据核字(2015)第258246号

责任编辑：王聪
特约编辑：唐瑜
统筹编辑：彭朝霞
封面设计：杨平
内文设计：吴紫薇
封面摄影：MOON文子
内插摄影：overwater

出版发行：群言出版社
社　　址：北京市东城区东厂胡同北巷1号（100006）
网　　址：www.qypublish.com
自营网店：http://qycbs.shop.kongfz.com（孔夫子旧书网）
http://www.qypublish.com（群言出版社官网）
电子信箱：qunyancbs@126.com
联系电话：010-65267783 65263836
经　　销：全国新华书店
法律顾问：北京市君泰律师事务所

印　　刷：湖南天闻新华印务有限公司
版　　次：2015年12月第1版　2015年12月第1次印刷
开　　本：880mm×1230mm　1/32
印　　张：7.5
字　　数：130千字
书　　号：ISBN 978-7-80256-952-2
定　　价：26.80元

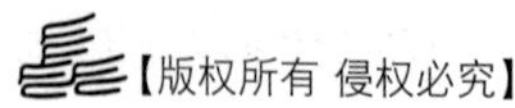

再版序
举世无双旧时光

有个深夜，我跟好友在酒店的房间里聊天，我们泡了两杯红茶，靠坐在落地窗边沙发上的两头，有一句没一句地说话。很晚了，可因为明天就要分别，彼此都舍不得睡。不知怎么，话题忽然变得有点正式起来，她问我："你生命中最难熬的一段是什么时候？"我想了想，一时竟有点想不起来什么时候"最难熬"。

我说："非要说起来，大概是在贵州生活的那一年吧。陌生的城市里，没有工作，没有朋友，贫穷，独自一人生活，过着晨昏颠倒的日子，差一点得失语症。"

那是2008年的事情了。也许是太久远，又或许是我这个人对痛苦不如别人那样感觉敏锐，如今想起来，也并没有觉得多么难熬。

我跟好友讲："我不够聪明，也不够努力，缺乏恒心，自制力特别差。身上有数不清的缺点，如果还有一点东西是值得自己欣赏与骄傲的，那便是，面对生活，我永不抱怨。"

好友说："哎呀，我也是。人生瞎乐观，再闹心的事儿，让我蒙头睡一觉，再吃顿好吃的，我就可以满血复活。"

我们乐起来。真喜欢跟这样的人做朋友。

她说："我跟你认识，正是你在贵州那年。还记得我们第一句话说的是什么吗？”我想了很久，摇头。

她小得意地说：“我记性不太好，但这句话倒是记得蛮清楚，你跟我说的第一句话是：真巧，我湖南人在贵州，你贵州人在湖南。”

原来是因为这点因缘渐渐熟络起来的啊。

八月的时候我跟她一起去旅行，彼此身上都还有工作，夜深安静的客栈大厅里，她抱着笔记本改剧本，我修订《悲歌》。

疲惫了就抬头聊几句，她问我：“你在写新番？”我说：“没有。”五六年前的故事了，情怀早已不同，就算我把故事从头再读一遍，我也已经与故事里的人物相距太远太久了。我没办法再给他们写续集。

其实让这个故事再版，我也是犹豫过许久的，因为我觉得它很青涩。但问的读者实在太多了，几乎每隔一阵子我都会收到这样的私信：微微，除了《悲歌》，我有你出版的所有书，哪里还能买到它？我想收集你全套作品。

感恩这样的盛情与热爱。

这是我第一个长篇故事，从2009年断续写到2010年，推翻重来，重来推翻，叙述人称换了又换，自我怀疑，否定，再重拾信心，纠结反复……那时候，我对写长篇完全毫无章法，根本没有把控能力。这在修订这个故事的过程里，很多次都让我觉得挺羞愧。但在五年后，我没有动这个故事的构架，也没有动情节，只修订了一些语句与逻辑上的小问题。就好像我不愿意为它写新番外一样，这是属于五年前的故事情怀。

虽然它不够完美，但那一年的故事，那一年的时光，那一年的我自己，都是顶顶珍贵的。

举世无双旧时光。

透过它，我看到这些年自己的成长与变化。它是我的起点，也是我的初心。我时刻提醒着自己，不管走多远，勿忘初心。

七微

2015年9月7日于长沙

目录 Contents

>>>

>>>

楔子

/

梦境

“西曼，如果有一天我不见了，你会像马达那样找我吗？”男孩的声音仿似从遥远幽暗的隧道里传来，清清冷冷中带了一丝怅然。

“不，我才不会呢！”我听到自己干脆的回答，掷地有声。

声音渐渐遁去，光芒消散，无边无际的黑暗切入画面，我看到自己沿着河岸踯躅前行，四周安静得可以听到平缓的河水在暗夜里轻轻流动的声音，无风却有刺骨的寒冷席卷周身。

“缘与分冥冥中自有注定。莫强求，莫执念。放下才能快乐。”那个吉卜赛女人充满魅惑的声音冲破黑暗，携带一丝轻不可闻的叹息声，从水底深处传至我的耳骨。

我驻足张望，却只看到蜿蜒绵长的河岸线，没有尽头，水面波光微弱。心底的惶恐与不安愈加扩大，我想停下来，想回头，可前方未知的无数可能像潘多拉的魔盒，引诱着我一直往前走。

而心底有一个声音在叫嚣：我要找的那个人，与苦苦追寻的答案，一定就在前方……

第一章
/
寻找的意义

[小时候我们最热衷的游戏是捉迷藏，一个藏，一个觅，藏的人费尽心思，觅的人拼尽全力。若到最后依旧苦苦找不到，只要觅的人喊停，认输，那么藏起来的人就会主动现身。而如今，我认输，喊停，可你为什么还是藏起来不出现呢？]

01 >>>

迷蒙恍惚中，我感觉到有一只手在摇晃我的身体，耳畔有声音传来：“醒醒，醒一醒……”摇晃的力度渐渐加大，我睁开眼，就看见苏灿舒了口气的模样。

“你没事吧？”她坐回自己的铺位，担忧地问我。

我没有作声，怔怔地望着略显幽暗的车厢，四周此起彼伏的鼾声，铁轨撞击轨道时的哐当声，吸烟区投射过来的隐约灯光，车窗外迅疾而过看不真切的风景，以及苏灿担忧的脸，令我有不知身在何处的恍惚感。

伸手摸向额头，一头一脸的汗，凉而黏稠。我起身，去了吸烟区。当冰凉的水滑过皮肤，炽白的灯光刺进眼睛，思维才慢慢复苏，看着镜子中脸色苍白的自己，才回过神来，我是在从甘肃回家的列车上。

“把鞋子穿上吧，凌晨气温比较低，容易着凉。”苏灿的身影出现在镜子中，她将球鞋放在我脚边，然后掏出两支烟放在唇边同时点燃，将其中一支递给我。

我迟疑片刻，接了过来。苏灿对我说过，烟是这世间最好的东西，令她平静。可我才吸进去一口，就被呛得咳嗽连连，鼻腔喉咙异常难受，哪还有什么平静可言。我将它丢进了垃圾桶。

“做噩梦了？你刚才很吓人，哼哼唧唧地喊着一个名字，双手乱舞。”她吐着烟圈问我。苏灿吸烟时的模样迷死人，烟视媚行大概就是用来形容她的。

“嗯。”我点点头。

已不记得这是多少次梦见那个场景，暗夜里看不到尽头的河堤，平缓细微的水流声以及刺骨的寒风，还有那个仅闻其声永远也不会见到面孔的人，但我知道那是夏至，我认得他的声音，以及梦中吉卜赛女人谶言般的耳语。一切都像一个谜，我在迷雾中穿行，拼尽全力，却始终找不到出口，以及我要的答案。

苏灿掐灭烟蒂，忽然俯身抱了抱我。“别怕，没事了。”她声音轻柔，身体传来的温暖与力量，在深夜行使的列车上，忽然令我鼻头发酸。

“谢谢你，苏姐姐。”我靠在她肩头轻声说。

其实我与苏灿才相识七天，除了知道她的名字、比我大五岁，以及我们来自同一城市之外，其余概不知情。但这并不影响我已把她当成喜欢的姐姐一样看待，感情的深厚有时候与相识时间长短并无多大关联。

02 >>>

我是在甘南的拉卜楞寺外遇见苏灿的。

去甘南之前，我在敦煌待了整整七天，拿着夏至留在我这里的唯一一张照片问莫高窟所有的工作人员，可他们口径统一地摇头说，并没有见过照片中的人。我说你们再想想，再想想，他是画画的，常年画夹不离身。他们一个摇头，我的心便冷却一点，最后渐渐冷成了绝望。

敦煌是我最后的希望。夏至曾说过，他最大的梦想便是能够进入莫高窟，临摹那些令他震撼的壁画。记得当初我还笑他不切实际，那些壁画如今可都是珍贵的文化遗产呢，怎么可能随随便便给人临摹。

从敦煌离开之后，我转道甘南。

七月是甘南一年中最美的季节，漫山遍野怒放的油菜花将广袤的藏区装点成一片明媚金黄色。可我却全然没有心思为这片美好风光露出笑脸，一路西行的这场旅途，酷暑与车马劳顿已经令我筋疲力尽，而敦煌之行并未让我找到要找的人，心里全是失望。

抵达拉卜楞寺时是午后，高原阳光炽烈，强烈紫外线将我的两颊晒出明显的高原红，嘴唇干裂，整张脸仿佛被谁的手强制拉扯着一般绷得要命的难受。我用丝巾蒙住脸，跟在一群虔诚的藏民身后围绕着转经长廊上的转经筒一圈又一圈地转，在漫长而寂静的70分钟里，这些天来心里的起伏与动荡情绪得到了难得的平静。

从拉卜楞寺出来，我去找旅馆落脚，拐过几条街，在一排兜售小工艺品的摊贩中，看到那个吉卜赛女人。她穿波希米亚传统的层层叠叠裙衫，安静地坐在占卜桌后面，炽烈阳光赤裸裸地打在她脸上，她仿佛感觉不到热，神色平静。

见我走过去，她微微笑着，用生涩的中文与我打招呼：“你好，请抽一张牌。”

我心下一怔，并没有说我要占卜。她依旧抬头冲我微微笑着，做了一个请的手势。我伸出手，从摊开的那沓牌最中央的位置抽出一张，递给她后，心里开始莫名紧张，忐忑地等待解答。

过了片刻，她抬头望着我，神色复杂，而后说了一句深奥且莫名其妙的话：“小姑娘，缘与分冥冥中自有注定。莫强求，莫执念。放下才能快乐。”

我刚想开口询问，手臂忽然被人往后用力一扯，有人将五块钱扔在占卜桌子上：“别相信，她是骗子！”

拉我走的人就是苏灿。

她将我带到她住的那个小旅馆，我们坐在旅馆天台上，她吐着烟圈愤愤地说：“她是不是跟你讲，不要强求啊不要固执啊缘分天注定，是不是这样？”

不等我回答，她又说：“我特意蹲在旁边等下一个抽牌的人，果然！她讲的是同一番话。你不信？我们现在回那里去，等下一个抽牌人出现，我打赌她一定用同样的话来行骗！”

她掐灭烟蒂起身就要拉我走，我按住她的手，“算了，是我们自愿。”

是的，是我们自愿走向她，没有人逼迫我们。我不知道苏灿为什么会这样生气，但我想绝对不仅仅是因为那个女人对我们两个先后讲的是同一番话。大抵是她的话戳中了苏灿心底最真实的想法，她才会恼羞成怒吧。但我没有把这个疑问说出来，毕竟我与她才第一次见面。

“我只是好奇！更何况，她不是吉卜赛女郎么，说的却是我们佛家用语！这个骗子！”她顿了顿，忽然轻声问我，“你抽牌时心里想的是什么？”

我低下头，没有回答。

还好她也没有继续追问，转口对我笑着说：“我叫苏灿。苏州的苏，灿烂的灿，你呢？”

“盛西曼。”我说。

我在那个小旅馆逗留了五天，从敦煌出来之后，原本我只是想到拉卜楞寺走一遭，看一看九曲黄河的落日，然后回家。但不幸的是，我住下来的第二天就病倒了。出来近一个月，吃得不尽如人意，没有哪一晚睡得踏实，终于使得原本就不太好的肠胃系统崩溃了，呕吐、腹泻，身体虚脱。

若不是有苏灿在，我都不知道还能不能熬到回家。她放弃了原本的行程安排，在我身边照顾了两天两夜。

半夜里我忽然醒过来，看到她蜷在椅子里睡了过去，桌上烟灰缸里落满许多支燃尽的烟蒂。我的眼角微微濡湿，我觉得自己真的很幸运，在异地他乡，遇见这么善良的一个女子，非亲非故，却如此细心地照顾我。

身体恢复之后，我与苏灿并肩坐在索克藏寺的一个山丘上观看黄河第一弯的日落，在那片美丽壮观的寂静中，我问她，“你为什么对我这么好呢？我们才认识。”

她没有看我，眼睛望着前方，说：“我也不知道呢，怎么想就怎么做咯，哪有那么多为什么。”她忽然偏头，冲我挤挤眼：“或许是命中注定呢，你想，那么多张牌，偏偏我们抽中同一张，就连占卜语都是一模一样。”

“咳，不说这些了。我是真佩服你的勇气，十八岁就敢一个人四处乱跑。我的十八岁……”苏灿没继续说下去，又点燃一支烟，我发现她抽得很厉害，吸进去的力度很猛。

二十三岁的女孩子，岁月肯定在她身上留下了一些故事，我不知道她到底有着怎样盛大的哀愁的心事，需要用烟草来狠狠麻痹自己，求得心里的平静。

偶然一瞬间，我瞥见了她左手腕几串珠子掩盖下的淡淡伤疤，只一眼，却令我触目心惊。我看得出来，她哪怕笑着时，也无法掩饰住那无处不在的浓厚落寞。

她其实不太快乐。

03 >>>

列车快要抵达终点站时，我将关了一个星期的手机打开。无数条短消息跳出来，“嘀嘀嘀”的提示音，一声声仿佛我心底的叹息。

有来自妈妈的，她说：西曼你怎么关机了？你与蓝蓝在苏州玩得可好，也不知道你吃不吃得惯那边的菜？早点回来吧，免得麻烦蓝蓝的姑妈。

我看着手机屏幕，心里很难过。妈妈并不知道我一个人跑到离家那么远的地方去，只为寻找一个男孩子。放假的第六天，我骗妈妈说蔚蓝约我去她苏州的姑妈家里过暑假。我求蔚蓝帮着说谎，她与我从小一起长大，妈妈也很喜欢她，自然相信她的话。

有来自罗亚晨的，他说：勇猛的盛西曼同学，你还活着吧？没有被鸣沙山的沙子吞掉吧？嗯，如果答案是否定的，那么就给我好好地活着回来！

亚晨是个大大咧咧的人，温情总藏在调侃里，令人好笑又感到温暖。

最多的是来自蔚蓝的短信，她说：盛西曼，如果你一个礼拜之内不回来，我不会再帮你打掩护！现在一看到手机屏幕上出现你妈妈的号码，我就心惊胆战 ，恨不得将手机摔坏了事。发件时间是五天前的晚上十一点。

最新一条短信是在凌晨一点半，我几乎可以想象到她在敲下这行字时的难过与哀求。她说：求你了，不要再折腾自己，夏至已经消失了一年，你找不到他的！西曼，你快点回来好吗？我们都很担心你。

我在回家的火车上，一个小时后到站。按下发送键，我将手机丢回包里，扭头望向窗外。

自夏至消失后的这段日子，我已记不清这是蔚蓝第几次用这样近乎恳求的语气求我了，她一向是那样骄傲的女孩子，看到她那个样子，其实我比她更难受。

最开始，她陪着我发疯般四处寻找，时日一久，她的耐心消耗殆尽。她说：“你别傻了，他是故意不告而别的，你这样苦苦寻找有什么意义呢？”

我不需要意义，只想要一个答案。我不相信曾说要陪我一起长大的夏至会忽然从我生命中消失，连一句告别都欠奉，我所了解的他，不是那样的人。

迄今为止，你听过的最动听的情话是什么？我喜欢你？我爱你？我想要和你一起慢慢变老？跟我走？我听过的最动听的一句小情话是夏至对我说：“西曼，我会陪你一起长大，然后慢慢变老。”

在寻找夏至的这一年来，我时常会想起电影里那个叫马达的人来，《苏州河》，我曾与夏至一起看过，在他的出租屋里。我还记得夏至当时文艺兮兮地问我：“西曼，如果有一天我不见了，你会像马达那样找我吗？”我骂他神经病，然后仰着头，掷地有声地答，“不，我才不会那么傻呢！”

他一语成谶。

可我却并没有像自己说的那样，他失踪的那个暑假，我恨不能将整座城市掘地三尺，很多次蹲在人来人往的街头失声痛哭。

那些日子，蔚蓝狠狠骂我，在大街上当众吼我，曾半个月不理我，最严重的一次，她扇了我一个耳光。我不是不了解她担心与心疼我的心意，可一次次我都令她失望。

在得知我暑假要跋山涉水一路西行，进甘肃，到敦煌去找夏至的那个晚上，她尖叫着说我疯了。她说你长这么大从来没有出过这个城市，你不顾一切跑去那么远的地方，就为了找一个或许因为不再爱你所以不告而别的男生，这样做值得吗？

她摇晃着我的肩膀，几乎是咬牙切齿了：“西曼，你醒醒吧！”说到最后，她都哭起来了。我一时慌了手脚，向来坚强的蔚蓝竟然为我而掉眼泪。我抱着她，两个人哭成了一团。我带着哭腔对蔚蓝承诺：“你放心，我保证会好好照顾自己，吃好睡好，回来时不会掉一斤肉！就一个月！给我一个月的期限好不好？你去帮我跟妈妈说。”

最后她抹掉眼泪，伸手摸了摸我的头发，问我：“他有那么好吗？你就这么爱他？”

我不知道如何回答。夏至有那么好吗？这个问题我曾问过自己很多遍，可无数次我都无法给自己一个最准确的答案。

我不知道该怎么告诉蔚蓝，有的人，在你生命中来过，哪怕时间短暂到只在我们漫长一生中占据极为微小的一部分，却像刻进皮肤里的烙印，永久在那里。

04 >>>

我所知的人生中最美好的东西都是夏至教我的。莫奈的画，安东尼奥尼的电影，偷藏在我口袋里的糖果，凌晨四五点山顶华美的日出，大雨倾盆的傍晚他高高撑开在我头顶的手，寒冬街头里的拥抱，以及甜美芬芳的最初爱恋。他在我懵懂的感情世界里推开了一扇窗，牵着我的手带我一起触摸到我以前抵达不了的另一片美好世界。

遇见他的时候，是这个城市最热的八月。

彼时我与蔚蓝最大的娱乐就是每天傍晚时分一起到青河边跑步，出一身汗后，再在河堤的小摊上各要一碗冰凉解暑的冰凉粉。我总是吃得快，完了便将勺子伸进蔚蓝的碗里，在她反应过来之前抢一勺塞到嘴里，蔚蓝老骂我是饿死鬼投胎。我龇牙咧嘴地反驳她："是你非要装公主扮斯文好吧！"嘻嘻哈哈间多少时光就那样不经意地溜走。

青河是这座城市唯一的河流，每到夏天，河堤两岸就格外热闹喧嚣。一入黄昏，各路商贩便开始忙活起来，各种小吃琳琅满目，打靶气球、套圈圈、捏糖人儿，也有挂着相机吆喝着快照与画人像的。那时的夏至，就是众多支起画架在河堤上给路人画像的画者之一。

那天蔚蓝临时有事放我鸽子，我一个人百无聊赖地沿着河堤跑，经过那排画人像的摊子时，本来只是随意瞄了眼那些疾笔在素描纸上游走的画者，这样的场景每天都会在这里看到，并不足为奇。令我忽然顿住脚步折身回来的原因，是他们当中有个男生面前的小板凳上分明就没有人，可他却一边抬眼一边下笔，还不时将铅笔伸在空中瞄比例。

我好奇地绕到他身后。画纸上是一幅快要完成的推车老妇人像，我虽然对画画一窍不通，也没什么艺术眼光，可也觉得他画得好极了，我甚至偷偷比较了河堤上所有画像的人的作品，都没有他的好看。

"你的模特在哪儿？"我忍不住问。

"在心中。"男孩头也不抬地答，他的声音出奇好听。

"那你给我画一张吧。"我一时兴起，绕到他面前那张小板凳上坐下。

他缓缓抬头，看了我一眼，然后换了一张素描纸，薄薄的嘴唇轻抿，吐出冷冰冰的五个字："一张二十块。"

这就是我与夏至初次遇见时的情景，不够惊心动魄也毫无美感可言，可我却沉迷在他清冷动听的声音以及他游走在画纸上时异常专注的神情里。

05 >>>

即将靠站的广播响起第二遍时，我推了推沉睡中的苏灿。

苏灿迷蒙地睁开眼，说："怎么这么快就到了？"她爬上行李架去拿东西，她跟我一样，只有一个简单的黑色大背包，她背着这个包，四处游走，已经有整整一年。甘南是她最后一站，我们临上车前的晚上，她说："原本预定的路线是从甘肃到青海然后进藏，可是西曼，不管我走多远，依旧放不下，忘不掉。你深爱过一个人吗？你知道那种爱到绝望的感觉吗？有一句话叫作'深情必是一桩悲剧'。"

苏灿的不快乐是她深爱一个不爱她的人。她善良，美丽，气质学识都好，可那个人就是不爱她。这大概是我们人生中最无奈的事。

因为有几趟列车同时到站，使得出站通道里人特别多，我与苏灿好几次都被人潮冲散，好不容易检票出站，她跑过来抱了抱我，在我耳畔说："这趟旅途最开心的大概就是遇见了你。我们一定要再联系哦。"

我点点头，然后转身，走了没几步，猛地想起什么，回头急切地在人群中搜寻苏灿的身影，可车站广场上来来往往的人那么多，穿插交织，不过几秒钟的时间，我却怎么都找不到她了。

正当我焦急地四处张望时，忽然有人从身后蒙住我的眼睛，学着蜡笔小新的声音在我耳畔问："猜猜我是谁？"

"蔚蓝，先别闹。我找人呢。"我将蔚蓝的手扯下来，从小到大，这个游戏她老玩不腻。

"没劲。"她绕到我面前，"找谁？"

不等我回答，她尖叫起来，"天哪，盛西曼！你毁容了！！"她指着我被晒红的脸颊。不怪她如此大惊小怪，蔚蓝是出了名的爱美，夏天出门势必得涂三层防晒霜才罢休。

我揉揉眉心，推开她的手，“别喊了！先帮我找个人。”

后来我与蔚蓝将整个车站广场转了三圈，两个公交车站都去过，依旧没有找到苏灿。蔚蓝说，肯定是有车将她接走了。

我颓然地叹口气。我与苏灿都想过要再联系，可谁都没有意识到，彼此并没有交换过电话号码。

“有缘自然会再遇见的嘛。”蔚蓝揽过我肩膀，安慰我。

缘分，这真是一个很玄妙的词语。相遇是缘分，分离是缘分，错过是缘分，无法再见亦是缘分。这日渐成为我们对无可奈何无法解释的事情的一种代名词，可又有谁知道缘分什么时候来，什么时候走呢。

大概我与苏灿的缘分真的只有这么多吧，忽然间我心里涌起一阵失落感。

蔚蓝却在我耳边开始数落，说我是个骗子，答应她要好好照顾自己的，现在不仅瘦了，还将脸晒得面目全非的。

“西曼，对不起……”蔚蓝语调忽地一低，手指轻轻抚上我脸颊，眼睛里交织着复杂的神色，只一瞬，她又笑着大声说，“没事，我送你最好的修护露，保准在开学时你又白回来！”

在物质方面，蔚蓝向来很慷慨。可当我在停车场看到那辆绚亮的黄色路虎时，嘴巴还是不自禁地张成了大大的O型。

“怎么样，帅气吧？”蔚蓝将车门拉开，做了个请的手势。

“唉，看来你爸这次又败给你了！”我瞪了眼一脸得意的蔚蓝。

当初蔚蓝说想要一辆越野车我以为她是开玩笑，她抱怨说她爸一口就拒绝了她，还板着脸将她狠狠教训了一顿说学生买什么车！可没想到才两个月过去，蔚蓝竟如愿以偿。

蔚蓝的爸爸在我眼里一直是那种严厉、不苟言笑的人，小时候我们两家住在同一个大院里，蔚叔叔原本与我妈是同一间医院的医生，后来辞职投资房地产生意，事业一路风生水起，不出几年，蔚蓝全家便从大院搬到了市中心地段很豪华的宅子里去了。此后，蔚蓝便过着如小公主般的生活，吃的用的无一不是最好的，蔚叔叔只有她这么一个宝贝女儿，自是百般娇宠，蔚蓝骄纵的性格大抵就是在后来的环境中慢慢显山露水，只要是她想要的，使尽一切手段她都要去得到。

不用想，为了这辆车，蔚蓝肯定又在家里闹得鸡犬不宁了。

果然，蔚蓝一边打着方向盘一边冲我眨眼：“我可是绝食了三天三夜才得到它呢。”既委屈又得意。

“你爸真是前世欠了你的。”我不禁摇头苦笑。不是不羡慕她的，当然，我并非羡慕蔚蓝有一个富足的家，而是羡慕她有一个宠她宠到近乎溺爱的父亲。

我对爸爸的印象仅是相册里那些泛黄的旧照片，以及妈妈偶尔讲给我听的关于他的一些细枝末节。他是在我一岁那年意外去世的。

小时候，我经常会想象被爸爸扛在肩膀上的感觉是怎样的，也曾有过浓浓的失落。但妈妈很爱我，连同缺失的那份父爱一起。长大后，那份没有父爱的遗憾便全部化成对妈妈的依恋与爱。我从来都没有觉得自己不幸福。

“对了，亚晨说要给你接风。”蔚蓝抬起腕表看了看时间，“差不多晚餐时间了，我们直接过去吧。”

“接风……还洗尘咧。”我笑，“他在忙什么？怎么没跟你一块来。”

“在制售假冒伪劣！”

“啊？”

“名家油画复制版，一幅两百块。他干了一个月这勾当了。”蔚蓝撇撇嘴，“又不缺零花钱，真不知道他那么没日没夜地画干吗！有次我去找他，天哪，泡面盒子堆满了茶几，客厅地板上乱七八糟的。”

“他那是热爱，热爱懂么！你以为人人都像你呀，手一摊开，大把零钞掉下来。亚晨多好一有为艺术青年呀，我不懂你为什么老那么看不惯他，其实你跟他……”

“姐姐你饶了我吧。”蔚蓝哀号一声，猛地踩一脚油门，以飞速来逃避这个话题。

罗亚晨爱慕蔚蓝在学校已不是什么新鲜话题了，他在学校也算是一号风云人物，美少年一枚，画得一手好画，爱玩乐，为人豪爽。学校里很多女生都写过情书给他，可偏偏蔚蓝就是不睬他。做朋友可以，越过一步，免谈！

“喂，死女人，开慢一点！！！”车子又是一个加速，吓得我心脏也跟着加速，赶紧拽住头顶的安全杠，对身边这个才拿到驾照几个月的不靠谱司机相当不放心。

06 >>>

饭吃到一半，蔚蓝家帮佣的阿姨忽然打来电话，她妈妈在洗手间摔了一跤，挺严重的，正呼天抢地地闹着要她赶紧去医院。

蔚蓝急匆匆走后，我与亚晨也没坐多久就散了。在餐厅门口他连续问我三次说：“真的不要我送你回家？”

“你什么时候变得这么啰嗦呀。”我把他推上公交车，“不是说今晚还有一幅画等着最后完工嘛，快走啦。”

很快就拦到了一辆出租车，这个城市的交通一入夜总是异常堵塞，车没开出多远，就被堵在马路中央。等了很久车子也没有挪动几步，我摇下车窗透气，偏头，目光便被不远处一个大大的灯箱招牌广告吸引住。

“师傅，停车！”道路在此刻忽然通畅了点，车子正往前驶去，我急得大喊。

顾不得车子没停稳当，我拉开车门跳下去，朝那块广告牌飞奔过去，愈靠近那块广告牌，我一颗心几欲跳出嗓子，夏至，是你吗？

可广告牌上分明写着：青年画家江离国内首次个人画展。这个叫江离的男生，乍一看与夏至长得真的有点像，尤其是那双眼睛里闪烁出的桀骜光芒，令我几乎认定这个人就是夏至。但细细端详海报上男生的面孔时，却又感觉他们并不是同一个人。可世间的巧合是不是太多，长相颇为相似的两人，还都是学画画的。

我抬眼望了望眼前的建筑，市立美术馆。再低头看海报上画展开始的时间，是在五天之后的星期天，为期一个礼拜。

我望着广告牌上的照片良久，心里的疑惑排山倒海，简直快要冲破喉咙，呼啸而出。

回到家时，妈妈正在吃饭，餐桌上摆着清清冷冷的两盘菜，我望着灯光下她略显孤单的侧影，鼻头发酸。

“西曼回来啦，怎么不事先打电话让我去车站接你呢？”妈妈听到声响回头，“你与蓝蓝在苏州玩得开心吗？”

“嗯，妈妈，很开心。”我走过去，抱了抱她的肩膀。

趁妈妈还没吃完的空当，我赶紧溜进浴室，洗完澡以没睡好为借口回房间早早地睡下。我很怕妈妈问起我与蔚蓝在苏州的细枝末节来。

虽然很疲惫，躺在床上却始终无法入眠，心思乱糟糟的，那个叫江离的男生的脸反复地浮现在眼前，须臾，那张脸又幻化成夏至的脸，在我脑海中反复交叠。

此刻，心里说不清是什么滋味，在近乎盲目地寻找这么久后，忽然出现了稍感明确的线索，一直绷紧在心里的那根弦，在这一刻仿似绷到了极致，即将断裂。

07 >>>

原本是想喊蔚蓝一起去看那场画展，可她这些天一直在医院照顾她妈妈，分不开身，遂作罢。更何况我怕她又骂我发疯。

当我再次站在市立美术馆的大门口，抬头看那幅广告海报时，心里已渐渐冷静下来，这世间人有相似，更何况我在网络上搜索了这个叫江离的男生的资料，他家世良好，一直在法国里昂学习绘画，天赋异禀，才十八岁便小有名气，被盛赞为“天才青年画家”。

而夏至的人生远没有他这么幸运，他是被父母丢弃的孤儿，在美术培训班以打杂来抵昂贵的学费，十几岁开始在这个城市的河堤、广场、公园等地为路人画素描像，这是流浪画者赖以生存的手段。

画展的场面颇为盛大，整个二楼展厅三个相通的房间都辟了出来，墙壁上挂满了大幅的油画。我一路看过去，虽然对美术世界不甚了解，可与夏至相处那么久，多少有点耳濡目染，当我转到第二展厅时，立即感觉出画者的风格发生了显著变化，先前所见作品里的细腻清新被狂野不羁所取代，用色大胆鲜明，技法极为粗犷，整个画面皆透着股震撼人心的张力。

我蹙了蹙眉，细看几遍后心底陡然一惊，这画面的感觉……好熟悉！然而当我步入最后一个展厅时，迎面挂着的那幅作品，彻彻底底地令我呆若木鸡，再也挪不开脚步。

怎么会……

我揉了揉眼，睁开，再揉，墙上依旧是那幅画，我感觉到自己的身体在颤抖，身旁的议论声仿佛从很遥远很遥远的地方传递到我耳朵里。

“据说就是这幅《珍妮》令江离在里昂一夜成名。”

“确实很不错，比这里任何一幅画都要好，你看，画中的女孩多么传神。”

“是呀，水平简直可以媲美大师噢。”

“真了不起！”

我的视线缓缓聚焦，一点点地投射到墙上的那幅画，画中回眸的少女有一张与我一模一样的面孔，若不是画中人有一头绚丽的金黄色发丝，我几乎以为那就是我自己。可我心里很清楚，这画中人绝对绝对不是我。而在我的卧室橱柜里珍藏着的一幅画，与眼前这幅不管模特的姿势还是笔触技法，皆是如出一辙，唯一的区别大概就是画中人的神情与散发出来的气质。

那是夏至失踪前三天为我画的，他送我的生日礼物，那个时候他还煞有介事地在想，给这幅画取个什么名字好，只是到最后都没有命成名，他就不见了。

而这画面上与我宛若双生的少女到底是谁？这究竟是怎么一回事？夏至，真的是你吗？忽然间我如坠入一个盛大而错综复杂的迷宫。

“咦，你是这幅画的模特？！”忽然，站在我左侧的一个女生惊呼出声，我怔怔地偏头，她看我一眼再看一眼墙上的画，反复好几次。

“真的是呢！长得一模一样！”女孩不禁提高了声线。

下一刻，周围的人纷纷围拢过来，他们投射在我身上的目光那样肆无忌惮，仿佛在参观动物园里的动物，然后开始七嘴八舌地议论起来。

我看着越聚越多的人群，下意识地往后退，胸闷头晕的感觉忽然袭击过来，额上已冒出大颗汗珠，手心冰凉而又黏稠，耳畔只听得到嗡嗡的声音。终于，一阵更强大的昏眩朝我袭击过来，身体忍不住晃了晃，恍惚中，我看到有人拨开人群朝我跑过来，然后，我被一双手臂腾空抱起，在失去知觉的刹那，我闻到一股清凉的薄荷香味。

第二章
/
城市稻草人

[我爱清晨黄昏/也爱秋天的枯萎/化作一片昏黄/爱情早在回味里变味/不要惊扰那梦/你继续睡]

01 >>>

再醒过来时，发觉自己正躺在一间陌生房间的沙发床上，身上盖着一床薄薄的毛巾毯。我揉了揉仿佛要爆炸般的太阳穴，抬眼打量起这间房。此刻房内光线略显昏暗，有风缓缓吹拂开垂下的窗帘，夕阳柔和的光线透过被掀开的窗帘一角照射进来，跟着那束光，我涣散的视线最终定格在房间角落书桌前的男子身上，他微微低着头，正翻着一本杂志。一缕缕淡金色光芒在他身上跳跃，从我的位置看过去，只能看到他的侧面，有着清冽坚毅的轮廓线，长而浓密的睫毛在光圈映衬下洒下一片淡淡阴影。

“你醒了。”他忽然抬头，朝我直直望过来，他的声音低沉而略显沙哑，在这片静谧的空间中有一种不真实的恍惚感。

我怔怔地点头，整个人还处于一种混混沌沌的状态中。

“这里是美术馆的休息室。”见我张望，他解释道。

我从小沙发床上坐起来，闻到一股风油精的味道从自己的额部、颞颥部散发出来，凳子上搁了清水与毛巾，旁边还有一盒藿香正气水。

先前的记忆此刻在脑海里慢慢复苏，猛地想到我在晕倒之前，是被一双手臂接住……那么……是眼前的这个人？

“你中暑了，现在感觉好点了吗？”低沉的声音再次响起。

“啊？好多了……那个，先前谢谢你的怀抱……哦不，谢谢你救了我。”在一丝若有似无的轻笑声中，我恨不得咬自己的舌头！

“不客气。”他说。

然后是片刻尴尬的沉默。

猛地想起什么，我掀开毯子抓过茶几上的包说了声“谢谢，再见”就往外跑，出门之后循着走廊墙壁上的指示牌一路急促地奔跑，下楼，拐了几个弯，然后一路狂奔到美术馆最大的那个展厅。可此刻的玻璃感应门已停止工作，透过玻璃门，看到画展宣传海报上写着开展的时间为8：30—17：30。

我颓丧地蹲下身，大口喘着气，阵阵昏眩袭击过来，胃里翻江倒海，我冲到垃圾桶边，却一点东西都吐不出来。真累啊，身上力气全失，我坐在垃圾桶旁，看着夕阳慢慢沉到天的另一边，脑海里纷杂的思绪如同此刻胃里的翻腾，无论怎样努力，也找不到出口。

坐了许久，脑海里有个念头忽然涌现，我又沿着原路返回先前的休息室，可里面的人已经走了。

原本想同那人打听下的希望也最终落空了，叹口气，我转身离开。

街边霓虹闪烁，喧嚣的夜在拥挤的车流人流中开始了。我实在没有力气再去挤下班时分的公交车，等了好久，才拦到一辆出租车，任身体瘫在柔软的座位上，然后从包里摸出手机，拨通了蔚蓝的电话。

“夏至回来了。”

“什么……西曼你说……什么？”不知是信号偏弱产生的电波问题还是怎样，我竟然听到蔚蓝的语调里带了浓厚的颤抖。

“夏至回来了。”我轻声重复一遍。

然后，我听到电话那头“哐当”一声重响。

“喂——喂——蔚蓝？”

回答我的是一片忙音。我轻轻闭上眼，没有精力再去多想其他，整个脑子里挥之不去的全部是展厅里《珍妮》那幅画带来的震撼与谜团。

02 >>>

你有没有过这样的时候？当你费尽心思想要得知某件事情的答案，可无论你怎样努力始终抵达不了那个真相内核的所在，它仿佛蒙上了一层又一层神秘的面纱，当你以为揭开这一层终于可以窥见真相时，却在你睁开眼时又冒出新的一层，直至你心力衰竭。

我在美术馆蹲了一天又一天，像个守株待兔的傻瓜，直至那场画展结束，却始终无缘见到江离。我问过美术馆里的工作人员，可他们都无法给出一个确切的答案，有说江离本人没有回国，负责接洽这次展出的是他的家人；有说江离似乎在画展第一天现身过，又马不停蹄地飞回了里昂……

画展的最后一天，我看着来回穿梭的工作人员将墙上的那些画小心翼翼地取下又小心翼翼地包装好，仿佛看着与夏至有关联的最后一点希望也被打包装走。心里是无可言说的失落，以及无力感。

我没等到那个叫江离的男生，反而等来了妈妈担忧的眼泪。

那晚从美术馆回家，刚打开门，就看到妈妈与蔚蓝坐在沙发上轻声说着什么，见到我，声音立即顿住，两人的目光齐刷刷地望过来，神色复杂，妈妈的眼睛里有泪光微闪。

我望向蔚蓝，见她眼神闪烁，嘴巴张了张，最后低下头去。我在心里叹息一声，也有点生气，没想到，蔚蓝竟然……

“西曼，蓝蓝说的都是真的吗？”妈妈的声音微微发颤，望向我的眼神里有心疼、担心，以及自责与内疚。

“妈妈，对不起。”我跑过去蹲到妈妈身边，纵使心中有千言万语想要解释，可开口时却化成一句道歉。此时此刻，我能说的，大概也只有一句对不起。我没想到蔚蓝会违背我们之间的约定，将这件事告诉妈妈。

“西曼……我与阿姨都希望你去看心理医生。”一直沉默的蔚蓝开口道。

我跳起来，退后两步，瞪着蔚蓝，我想我的眼神一定是又失望又难过的：“蔚蓝，我以为你一直是最了解我的人，我以为哪怕全世界的人都可以不理解但你一定会！”

“西曼……”妈妈走过来试图拉我，却被我避开了，我看着她：“妈妈，连你也觉得我有病吗？”

“我并不是这个意思……”妈妈说着声音里已带了哽咽，“可是你做出这么疯狂的举动……你知道我有多心疼多难过多内疚吗？”说着眼泪就落了下来，“都是我，都是我……如果我多留意一点，你就不会这样……”

“妈妈……”这世上，我最不愿意看到的，就是妈妈的眼泪。从我懂事以来，就很少看到妈妈哭过，她一向是很坚强的女人，工作那么忙碌可从未因此而忽略过我，学校的家长会，她没有哪一次缺席过。家里的条件并不算特别好，可她一直竭力给我最好的生活。我知道，妈妈是想要连同那份缺失的父爱，一并弥补给我。

“我去，妈妈，我去。”如果能令她安心一点。

“真的？”妈妈又是一阵哽咽，慌忙掏出手机，“我认得一个相熟的心理医生，西曼你别害怕，就当成是朋友间的聊天一般好吗？”

我在心里苦笑，当成朋友间的聊天？能够吗？不，不能！

忽然间感觉好累，再也不想开口多说一句话，起身回卧室时蔚蓝忽然拉住我的手臂，在我身后轻轻说："对不起。"顿了顿又说："到时候我陪你一起去吧。"

"不必了。"我挣脱她的手，没有回头，声音冷淡。

她又跟着我进房间，一直追问我关于"夏至回来了"那句话的含义，被问得烦了，我没好气地冲她低吼："一个神经病说的话，又何必当真！你就当是我的幻觉行吗？"

蔚蓝的眼神黯了黯，可很快她又冲我扯出一个勉强的笑，说："那你早点休息吧，我先回家了。"

她走得很急，我想追出去，可心里堵得慌，脚步生根般迟迟没有挪动。

那一晚躺在床上翻来覆去怎么也睡不着，莹白的月光照进来，透过窗户一格一格地洒在地板上，我侧着身子怔怔地望着那一束束光发呆，想到妈妈说的那个姓纪的心理医生，他是妈妈的大学校友，在本市业界颇有名气，妈妈说他一定可以帮助到我。可再有名气又怎样呢，我并不需要！若不是为了妈妈……唉！

03 >>>

纪医生的心理诊所隐匿在闹市中的一条小巷子里，这条巷子有着这座城市少见的青石板路，沿路两排细细的杨柳树一直延伸到路的尽头，路旁有许多装修别致的商铺，服装店、咖啡厅、雅致的书吧等等。这样炎热的天气里这里却仿佛是另一个世界一般，幽静清凉。

我握着妈妈写的地址，找了许久问了好几个路人才找到这里，本来已有些许的不耐烦，可在踏入小巷的第一秒，心里的烦躁便被欢喜所取代。在这个城市生活了十几年，我竟然从来不知道还有这样一条美妙的巷子。

我循着一个个门牌号码找过去，心想那个纪医生还真是很会挑地方呢，这样幽静的环境，对治疗心理疾病，想必会事半功倍吧。

我站在心理诊所的楼梯前，深吸口气，在心里对自己说，没什么的西曼，不要害怕！然后朝三楼走去，刚上几个台阶，一阵强烈的风从耳边擦过，紧接着眼前冒起了无数星星，然后才感觉到一阵钻心的疼痛自脸颊传来，我痛呼一声，伸手一摸，手指上沾染了鲜红的血迹。回头去望，我看到楼梯口一抹高大的身影一闪而过，而后听到摩托车发动引擎的轰鸣声，我顾不得疼痛，捂着脸颊飞奔下去，却只看见摩托车飞扬的尾气以及越来越小的一个头盔。

我咒骂一声：“混蛋，你最好祈祷老天别让我再碰见你！”该死的，撞了人竟然装作若无其事！鬼知道那家伙穿的什么衣服，袖子上竟然有凶器！

我脸颊上的伤口其实并不深，但血迹蜿蜒而下，看起来有点可怕，当我走进心理诊所时，前台的女子吓得尖叫了声。

一个中年男人闻声而出，他不悦地说：“Miss黄，这里需要安静。”语气很轻，却不怒自威。女子忙说了声抱歉。

他转过头看了看我，然后扭身回了房间，拿了一只医药箱出来，二话不说就将我拉到沙发上坐下，取出棉球与药水，为我处理伤口。

他的动作很快，却又十分冷静有条理，动作也很温柔。我有点愣愣的，直至皮肤上的刺痛令我回神。我眨了眨眼睛，微微抬眸，就看到他颤动的睫毛与皮肤上的纹理，他身上散发出来的气息，令我有瞬间的恍惚，那种感觉很温暖，就像是……像是，父亲的感觉。

“好了，西曼。”他忽然起身，一边收拾药箱一边冲我笑了笑。

“你怎么知道我的名字？”

“你跟你妈妈像一个模子印出来一样。”他伸出手，“你好，我是纪睿，你可以叫我纪叔叔，当然，也可以直呼名字，”他眨眨眼，“这样，就不会时刻提醒我我已经老了。”

我愣愣地跟他握手，心里却在想，哪有呀，从小到大，我听得最多的就是“西曼一点也不像妈妈呢”，纪睿竟然说我与妈妈像一个模子印出来般，他的眼光……真奇特。

“脸怎么回事？”他又开口。

“被一只没教养的野猫抓了！”我愤恨地说。

“现在小野猫也这么聪明吗，专挑漂亮的脸欺负？”他挑了挑眉。

我“扑哧”笑了，心里的郁闷一扫而空，真要命，是不是这个世界上任何一个女孩子都喜欢被赞美呢？

也是在那一刻，我忽然喜欢上纪睿，哪怕他是以我十分抗拒的心理医生的身份出现在我生命中。那种喜欢，与爱情无关。我喜欢他年近中年依旧英俊，他的风趣，他的细心体贴，他的睿智。我心目中的父亲形象，就是纪睿这个模样。

“我没病。”我直直望着他，很平静地说。

“嗯，我知道。”他也望着我，“青春期的爱情，就是用来疯狂的。”

那一刻我简直想要握住他的手，说一百句谢谢。

“那你疯狂过吗？”不知道为什么，我完全把纪睿当作了年纪相仿可以任意聊天的朋友了。

“自然。”他笑了笑，不愿多说。

自始至终他都没有像我以为的心理医生那般，对我诸多提问，然后一副救世者嘴脸给你一条又一条照本宣科的建议。

我窝在他工作间那个柔软的大沙发里，吃了许多Miss黄亲手烘焙的绿豆饼，喝了一杯香浓的茉香奶茶，后来不知不觉睡着了，似乎还做了一个香甜的梦。第一次，我的梦里不再是暗夜中没有尽头的河堤与寒冷刺骨的冰凉。

再醒过来时，窗外已是华灯初上，房间里只开了一盏台灯，纪睿正埋头伏案。我轻轻推开玻璃门，站在阳台上往下望，小巷里的路灯是那种轻柔的白，一盏盏掩映在杨柳树下，散发出的淡淡光华令人心里忍不住变得柔软。

忽然，我的目光被不远处一家咖啡吧门口一对相拥的男女的身影吸引过去，男人走在右边，揽住女人的肩膀，他正偏头对女人说着什么。尽管隔着长长的距离，尽管只是偏头一刹那，尽管灯光不是很明亮，但我还是看见了那个男人的面孔，好像是……蔚蓝的爸爸。可他拥住的那个女人，却不是她妈妈……

“睡得好吗？”身旁忽然响起纪睿的声音，我怔怔地偏头，再回头时，咖啡吧门口的身影已经不在了，我揉了揉眼，再看，还是什么都没有。

“怎么了？”

“没事，我要回家了。”我掐了一把手臂，在心里告诫自己说，大概是刚睡醒时的幻觉，嗯，一定是幻觉！蔚叔叔对阿姨那么好，怎么可能呢。

04 >>>

已经很晚了，可我却躺在床上翻来覆去地睡不着，犹豫了很久，终是爬起来打开手机拨蔚蓝的电话。可反复拨了好几次，始终提示不在服务区。

愣了愣，我转拨给了亚晨。听了很久的铃声在我打算挂断时终于变成他迷蒙的声音：“盛西曼你是猪啊！这么晚打电话！”

我翻了个白眼可想到他又看不到，改用吼的：“你才是猪！才十二点好吧，夜猫子罗亚晨什么时候从良了？”

“滚！老子最近熬夜画画画得手抽筋，浑身骨头都要断了！”他叫，“什么事呀？”

“蔚蓝电话怎么老打不通？”

“她们全家去日本旅行了呀，你不知道？”

“噢……不知道。”其实这两天她给我打过几通电话，只是都被我无视了，到最后甚至直接挂断。

“你们是不是吵架了？她早上给我电话说让我有时间就找你玩儿，说你心情不太好，咋啦？”我听到那端亚晨窸窸窣窣坐起身的声音，语调也清醒了很多。

“没事。”忽然想起什么，“你说她们全家都去了日本？”

“应该是吧，她很兴奋地提了句说她爸终于肯休假带她与她妈一起出去玩了。”

自看到咖啡吧门口的身影之后我忐忑不安的心情终于在这一刻平息下来，冲电话里的亚晨说：“继续滚去睡吧。”

刚挂了电话，他又打了过来，邀我明天陪他去给他表姐买生日礼物。

第二天我们在市中心最繁华的商业圈逛了整整一个小时，可依旧拿不定主意选什么礼物好。昨晚很晚才睡觉，又加之我本来就不太喜欢逛街，此刻身心皆疲倦得要死，朝亚晨嘟囔着抱怨：“你姐最想要什么吗？投其所好呗！”

“她什么都不缺，”亚晨忽然回头，叹口气说：“她最想要的是，她爱的人也像她爱他那般爱她。”

我心里一凛，随即翻个白眼，“恕我无能无力！”转身就钻进旁边一家装扮得很有特色的小店铺，心里却在想，那是多么苦涩又无奈的愿望，这世间又有几个人能够幸运地得到这样完美的爱情呢？

当我们再次从一家店铺里空手而出时，刚跨出店门，商场过道上迎面急速跑过来一个人，当我想要避开时，她已经将我狠狠撞倒在地上，慌乱中，她回头丢一句“对不起”，然后又转身不要命地往出口跑去……接着有一名保安以及一名穿着制服的店员急促地追了过来，保安一边跑一边对着对讲机大声喊：“有小偷，穿超短裙，头发染成酒红色，涂绿色眼影，从B区大门逃跑。”

周围已有行人纷纷围过来看热闹，冲着大门的方向议论纷纷。

“没事吧？”亚晨将我扶起来。

我瞪了他一眼，废话嘛，手臂都擦破了皮，能没事吗？我愤慨地望着那个女生消失的方向，真不知撞了什么邪，接连两天被人无故撞击受伤，脸上的疤还没消，手臂上又添新疤。

最后，我跟亚晨在一间独家定制的手工作坊预订了一条红绿宝石手链，在上面镶嵌上他表姐名字的大写字母缩写。纯正的红绿宝石价格昂贵，加之独特的设计以及纯手工制作，店主开的价格令我咂舌。可亚晨却眼睛也不眨一下地付了全部的款项。

走出店门时亚晨似假似真地感慨，一个月白画咯！可随即脸上又浮出笑容，边倒退着往前走边问我：“我姐会喜欢吧？”

我点头：“当然啊，每个女孩子都拒绝不了宝石的诱惑啦！”

亚晨满心欢喜地退回我身旁揽住我的肩膀，“那等你生日，我也送你一串呀。只要你们喜欢，大不了我多熬夜画几幅画咯！”

他说得轻轻巧巧，我却在瞬间鼻头一酸。长这么大，我生命中真正的朋友不多，唯有的两个，却是最肝胆相照的。

05 >>>

还记得初次遇见亚晨时的情景。那是夏至消失的那个寒冬，某个周末晚上我接了一个陌生的电话后依约前往一家游戏厅，电话是有人看到我贴在外面的寻找夏至的传单后打过来的，他说在游戏厅见过传单上的男生。我没有多想，拦了辆车就赶过去了。

结果却是一群无聊男生的恶作剧，他们看着我，发出嗤笑声，没想到她真的相信了呢，哈哈哈！其中一个忽然上前来拉我的手，将一瓶啤酒硬塞在我手里，将我拉到跳舞机前面，既然来了，就陪哥几个玩玩咯!

我咬紧嘴唇，恶狠狠地打掉他的手，他手中的啤酒瓶摔在地上碎了。那几个男生怒了，集体朝我围拢过来，有人抬手就扇了我一巴掌，他出手可真狠呀，脸颊火辣辣的痛，我慢慢握紧拳头，告诉自己，不准哭！然后有人揪住我的头发，有人捏住我的下巴……耳畔传来一阵阵口哨声、叫嚣声。

那一刻我想自己的眼睛里一定喷着火，带着仇恨。

就在这个时候，亚晨仿佛从天而降的英雄，将我那些男生手里解救出来。

那真是一场混战，我完全懵了，被陌生的男孩子保护在身后，好久才回过神来。

后来他的手背受了伤，却不管不顾地拉着我在深夜的街道上不要命地逃跑，任血液滴答滴答地往下掉，硬是没吭一声。

那晚他一直将我送到我家楼下，因为惊吓过度，分别时我连一句“谢谢”都忘记说。

春天开学，竟然在学校又遇见亚晨，他是新来的转校生，与我同级不同班。更巧的是他跟夏至一样，也是学画画的。

我不知道别人是否有这样的感觉，会因为喜欢的人身上的某种特质，而对拥有相同特质的人持有一种莫名的亲近感。自从认识夏至之后，与画相关的一切无形中成为我生活中无所不在却又不至于有大影响的一种存在，比如在马路上看见背着画架的小朋友会回头多看两眼，比如逛书店的时候无意间便跑到美术区去翻看一些画册，比如开始关注一些画展讯息……那种渗透式的存在，是因为心里喜欢的那个人，因为那是他所热爱的他的梦想。那种感觉，真的很美妙。

所以，自然而然地，在学校里再遇见之后，我与亚晨渐渐走近。熟悉之后才发觉他是那种很爱玩闹的人，思维奇特而跳跃，性格却单纯耿直，有什么就说什么的那种，完全不顾别人的想法。比如他第一次见到站在我身旁的蔚蓝时，眼睛“唰”的一亮，一把将蔚蓝的手从我手中抓过去，一脸激动旁若无人地握住她的手摇晃，说：“姑娘，苦苦等待十八年哪，我终于遇见了你！”

吓得蔚蓝大骂他神经病。事后蔚蓝对我提出抗议，“盛西曼，拜托你交朋友能够慎重点吗？就算你交友不慎也请别带着我去见一个疯子好吗！”

我笑得直不起腰，我说：“小姐，人家那么独特的表白方式你怎么一点都不解风情呢！”

蔚蓝呸了一声，转身就走，懒得搭理我。

亚晨对蔚蓝一见钟情。

你相信一见钟情吗？或者说，你有过那种感觉吗？在见到某个人的第一眼，内心最深处的某根弦“嘭”的一声忽然断裂，开出一朵花来，然后慢慢地慢慢地滋生长大。

我相信，因为我对夏至的感觉，便是如此。

可蔚蓝不信，她甚至无比不屑地妄下断论——一见钟情只不过是青春期荷尔蒙分泌过剩的产物，如海市蜃楼，转瞬即逝。

她只信长长久久岁月里的相濡以沫。她说：“西曼，比如我跟你之间的感情，十几年的时光。罗亚晨能比吗？”

那个时候，我听了这句话后，心思被一种叫作感动的情绪充斥。只是在心底叹口气：亚晨，不是我不帮你，而是感情的事情旁人真的无能为力。

06 >>>

蔚蓝从日本回来时，暑假已接近尾声。下了飞机她连家都没有回直接拖着个小箱子跑来找我，刚进门就一件接一件地从行李箱里掏出东西往外丢，我目瞪口呆地看着一个个包装精美的小购物袋，化妆品、香水、发夹、小饰品、明信片、甚至还有……文胸！

然后她从那堆色彩纷呈的杂物中抬起头，嘟着嘴巴一副可怜兮兮的模样：“原谅我好不好？”

我怔怔地望着她因长途飞行而疲惫的脸，内心酸楚，那是我们之间从小到大的一个小约定，如果吵架冷战，其中一个就买一份小小礼物送给生气的那个人，然后和好。我收到过蔚蓝送的七彩玻璃珠子、粉色唇膏、独特的日记本，也曾送过她漂亮的万花筒、风景独特的明信片……这些年来，我们以这种形式互赠小礼物的次数其实屈指可数。

我蹲下身，轻轻抱了抱她。

其实我早就不生她的气了，她的心思我懂，也只有真正为你着想的人才会冒着被讨厌被生气被骂的风险，也要做那种她认为对你好的决定。

晚餐本来想给蔚蓝煮一碗面，可她却不顾疲惫死活将我拉到河边的海鲜店，站在门口我一边教育蔚蓝年纪轻轻别养成奢侈成性的坏毛病一边拽住她往回走，她却从钱包里掏出一张卡，笑嘻嘻地在我眼前晃：“喏，这家店的VIP卡，别人送给我爸的，尽管吃！”拖着我就往店里走去，一边撇着嘴：“今天你给我往死里吃，最好把这张卡刷爆！我才不要还给他！我爸那个大骗子，说好陪我们一起去日本，却在临行前反悔。为了安抚我才给的这张卡……”

“什么？”我顿住脚步：“你爸爸……没有去日本？”

“是呀。咳，别提这事了，我们赶紧点菜啦。”

那顿饭我吃得心不在焉，耳畔是蔚蓝叽叽喳喳讲着旅行的见闻，眼前却浮光掠影般闪过在纪睿的心理诊所阳台上看到的那一幕……声音与画面在我脑海里反复交缠，扰得我心里乱七八糟的，我怔怔望着蔚蓝讲得眉飞色舞的脸，夹到嘴边的食物，变得那么苦涩。

从海鲜店出来，拒绝了蔚蓝送我回家的提议，然后穿过马路，一个人沿着河边漫无目的地走。

夜色四合，河堤两旁的路灯次第亮起，星星点点映在水面。清河依旧如故，我的心境却起了翻天覆地的变化。

自从夏至消失后，我便有点抗拒这河堤，这是我们初次遇见的地方，后来也经常陪他到河堤上写生。我没有夏至那样好的耐性，可以一坐几个小时，老是时不时便跑到小贩摊上去，买份凉粉或者炸几个蔬菜串与火腿肠过来。

夏至很不喜欢油腻的路边摊，看着我吃到满嘴是油总蹙起眉头警告我说，这些东西吃多了会生癌的。骂归骂，但还是会在我辣得张大嘴巴哈气时给我喂水，又掏出纸巾给我擦去嘴角的油渍，他的手指瘦削而修长，因长期拿画笔，中指便长出微薄的一层茧来，手指上还残留了似有若无的油画颜料的味道，混合着他指尖淡淡的烟草气息，令我着迷。

我抱住膝盖坐在河堤台阶上，望向星星点点的河面，想起这样久远的一些细枝末节，心里忽然间难过得不可遏止。是不是但凡美好的东西，终会应了那句诗——最是人间留不住，朱颜辞镜花辞树。

不知过了多久，喧嚣的河堤渐渐安静下来，我掏出手机看时间，竟然十一点多了！想起妈妈今天是值中班，应该快要下班了。我起身，一路小跑着朝马路上去。

是在河堤转角处，与忽然冲出来的人撞了个满怀，两声惊呼同时响起来。抱歉的话还没出口，我看到几个男生跑了过来，一把揪住撞了我的那个人，劈头盖脸的就是一个巴掌。

我惊了一瞬，下意识就大喊出声：“喂！你们干什么！”

可那些人根本就不理会我。

路灯下，我慢慢看清楚了被那几个男生团团围住的女生的模样，她穿超短裙，酒红色头发，浓浓的绿色眼影在路灯下显得尤为诡异……我脑海里忽然浮现一个身影——是几天前在百货商场撞了我的那个女生！她的酒红头发与绿色眼影实在是令人过目难忘。

女生已经倒在地上，有人指着她骂道：“小贱人，竟然连宝儿姐的男朋友也敢勾搭！”

她的嘴角已有血迹蔓延，可她没有哭也不求饶，而是大声喊道：“你们这群王八蛋，哪天落到我青稞手里，姐姐我揍趴你们！！！”

她的叫骂再次挑起男生们的怒气，有人上前就踢了她一脚。

“住手！”我喊道，从包里摸出手机，这里离马路其实很近了，我扯开嗓子望着路边大叫：“救命啊！这边，这边，救命！”

一边拨通了110。

他们终于住了手，几双目光齐刷刷地朝我瞪过来，扬了扬拳头，然后迅速地跑了。

“你还好吧？”我蹲下身，试图将女生扶起。她此刻的模样真的很恐怖，浓妆混合着血迹，整张脸面目全非。

“死不了。”她嗤笑一声，推开我的手，然后慢慢坐起来。她的嘴角扬着笑意，可那笑比哭更难看，还带了一丝诡异的惨烈。

“谢了！”她补了一句。

我从未见过像她这样的女孩子，被人打成这样，不哭也不喊疼，还可以自嘲。

“喂，你有没有烟？”她忽然偏头望着我，顿了顿又笑了：“当我没问。”

她起身，用手拢了拢凌乱的发丝，又胡乱地擦了把脸上的血迹。我从包里掏出纸巾递过去，可她却看不也看就越过我身边，刚迈出一步，身体一个趔趄，我忙扶住她，她才避免了摔倒。

“肿得很厉害，还是去医院看看吧。而且，你脸上的伤口都裂开了，需要清理，否则会感染发炎的。”我蹙眉，她的脚踝肿得很厉害。

“习惯了。”她嘀咕了句，朝我摊开手：“医院就别去了，不如你借我十块钱吧，我买烟。”

我愣住，瞪着她。

“不肯就算了。”她无所谓地耸耸肩，转过身一颠一跛地往马路方向走。

我追了上去，一把拽住她的手臂：“烟我可以买给你，但你得跟我去看医生。”

天知道我为什么这么固执地在大半夜与一个陌生人纠结不清，我从来都不是爱管闲事的那种性格。可是你知道，人有时候就是这么奇怪，所作所为，仅仅是遵从了那一刻自己内心的声音。

“哈哈，你怕我死掉啊？”她愣了愣，旋即哈哈大笑起来。

也不知怎么的，我竟然真的傻傻地点了点头。

直到许久之后，青稞说起这个夜晚，她都会摸摸我的脸颊望着我的眼睛一字一顿地说：“西曼，你是我见过最傻的姑娘，但也是最善良的姑娘。真的。”

第三章
/
执念

[是不是所有人都有那样的时候呢？明明知道哪样的选择对自己最好，可就是放不下心中那些让我们无能为力的执念呢？]

01 >>>

当我搀扶着青稞的手臂时，我感觉到她的身体有些微的僵硬，但她没有推开我。

已经很晚了，所幸我知道的河堤附近的那间诊所还没有关门。因为顾及到她的脚，我一边扶着她走路，一边专心地看着地面，所以在诊所门口有人拍我肩膀时，我吓得惊叫了声。

“真的是你呀。”

回头，是张陌生的面孔，可声音，有点耳熟。

我瞪他：“请问我们认识吗？”

他微愣下，提示道：“美术馆。”

美术馆？啊，画展！我记起他是谁了，在画展上我中暑时帮助过我的那个人！我不好意思地说：“抱歉啊，一时没认出来。”

他淡笑了下，话锋一转：“需要帮忙吗？”他的眼神瞟向我身旁的青稞。

“谢谢。不用麻烦了，没什么大事，我朋友只是受了点伤。”我朝他点点头，转身去推玻璃门，他却先我一步推开并且抵住玻璃门，侧着身子，我说了声谢谢，而后扶着青稞走了进去。

青稞伤得很严重，除了脚，整张脸也浮肿起来，眼角与嘴角被利器划了几道细长的口子，护士给她细细地清理了好几遍，将她脸上的浓妆洗掉，最后擦了止血消炎的药物，又开了一堆外用以及内服消炎药。

我拿着单子去付款，一直很安静的青稞在我起身时忽然开口："我会还你的。"她的声音很轻，语调却无比坚定。

然后，我发现，我的钱包不见了！

记忆迅速倒带，唯一的可能就是在付出租车费用时，因忙于搀扶青稞下车，将钱包落在了车上。

怎么办？

"多少钱？"熟悉的声音忽然又响起来，回头，才发觉他竟然没有离开。

最后他帮我付了账单，又陪我去取药，甚至还认真地询问医生要注意的相关细节，仿佛那个受伤的人是与他关系很密切的朋友一般。

"谢谢你，先生。"我连他的名字都不知道，却已欠了他两次人情。

"那言。"他望了我一眼，好看的眉头轻轻蹙起。

"嗯？"

"我叫那言。"他又重复了一遍。

"噢，"我顿了顿，说："谢谢你，那先生，我叫盛西曼。"

那个时候，这个名字对我来说，仅仅只是代表先后巧合地帮了我两次的一个人。我以为，茫茫人海我们未必会有第三次遇见的可能。可人生有时候真像一个万花筒，在你转到下一节之前，你永远都不知道接下来会发生什么。

走出诊所，那言让我扶着青稞站在路边等他，一会儿，他将车开到我们身边。对于在深夜里身无分文的人来讲，我没有办法拒绝那言的第三次帮助。

我问青稞：“你住哪儿？先送你回去。”

可直至那言缓缓发动车子，久久也得不到她的答案，她只是偏头过去望向窗外，不作声。我脑海里闪过河堤上她被揍的画面，又看了看她的满身伤痕，轻声说，如果不介意，你今晚就先住我家里吧。

我告诉那言家里的地址。

侧头，就撞上青稞望着我的眼神，借着窗外路灯照射进来的灯光，我看到她眼睛里有一闪一闪晶莹的光，明明灭灭，她嘴角蠕动，却终究什么都没有说，又将头偏向了另一边。

那个时候我心里想的仅仅是，带着满身的伤痕，她一定是担心父母责骂，才不敢回家的。我从来没有想过，家这个在我们嘴里简简单单就说出来的词，在她心里，却是永远的悲伤与痛。

那言将我们送到我家楼下，我扶着青稞上楼梯时，他忽然追了过来，在身后喊我：“西曼。”然后绕到我跟前，伸手，摊开掌心，我看着他手心里静静躺着的那串泛着银光的手链，心里一惊，什么时候丢的？

这条银手链是夏至送给我的情人节礼物，那是我们在一起过的第一个也是唯一一个情人节。这条手链的款式独一无二，是他亲手设计而后找了一位老银匠纯手工打制而成。

自从夏至帮我戴上手腕的那一天起，我从来都没有摘下过它，可如今我却把它弄丢了，并且连什么时候丢的都不知道，这些天也没有意识到曾被我视若珍宝的东西竟早已脱离我的手腕。

我心里忽然很难过，就好像……丢掉的不是手链，而是夏至，以及那份感情。

“是你的吧？那天我在美术馆休息室的沙发床上捡到的。”

“谢谢。”我将手链紧紧握在手心。想到美术馆，心里忽然一动，说：“你认得江离……”

我话音未落，身后忽然传来一声痛呼声，是青稞。我转身，看到她吃力地扶着楼梯，试图上去。扭头跟那言说了句“再见”，便跑过去搀住青稞。

打开门，屋内漆黑一片，万幸，妈妈还没有回家，假如她看见我不仅这么晚才回家还带着一个身份不明满身是伤的人，一定会吓一大跳，然后又是一番盘问……

简单清洗之后，我将青稞扶进卧室，然后将门反锁了。看来只能等妈妈明天去上班之后再起床了。

那晚我躺在床上怎么也睡不着，一个人睡习惯了，有人在身旁怎么都无法入眠，又不敢翻身，怕惊动青稞。

“你为什么对一个陌生人这么好？”她忽然开口，原来也没有睡着。

这句话多么熟悉，不久前，我曾在甘南问过苏灿。在这一刻，我似乎有点明白苏灿那么做的原因了。

并没有什么原因，只是随心罢了。

想到苏灿，心里不禁有点遗憾。世界这么小，可世界也这么大，在这个城市，我一次也没有遇见过她。

“你叫盛西曼对吧。”青稞又开口道。

“嗯。”

“西曼，今天我青稞欠你的，以后一定十倍还你！”她翻了个身，声音依旧很轻，可却在暗夜里掷地有声，仿佛一句气吞山河的承诺。

很久之后，她真的还了我这份情，连同一起给我的，还有跟这个凌晨里同样掷地有声的一句话，只是她的声音里却不是今日的哀伤。她的眼睛望向别处，绿色眼影在明明灭灭昏黄路灯的照耀下，折射出幽冷凌厉的光芒，如同她的话。

她说：“盛西曼，自此后，我们两不相欠，再不相干。”

02 >>>

曾听过这样的一种说法, 人与人的关系网, 大概每三个人之间便会交汇出一个共同认识的人, 十分奇妙。在此之前, 我对这种说法一直持怀疑态度, 就像我一直不太相信这个世界真的存在奇迹般的巧合一样。

若不是我再次遇见苏灿。

亚晨在暑假接的油画太多，一直到开学之后还没有全部完工，因为事先签了合约，无法推辞，只得利用晚上或者课余的间隙拼命赶，那段时间整个人呈现一副严重睡眠不足的暴走状态。所以在约定去取为表姐定制的手链那天, 他与一堆颜料纠缠得走火入魔, 一直到店铺打电话来提醒他才想起这回事, 他脱不开身只得让我代他去拿手链。

接到他的电话，我与蔚蓝正在学校门口的小吃街吃得满嘴油腻，校门口那家铁板鱿鱼串美味得令人想吞舌头。

蔚蓝很不爽地骂道，罗亚晨那个猪脑子，这么晚了让你一个女孩子去拿什么鬼东西。骂归骂，她又跑到路边去拦出租车，陪我一起前往。在车上，我靠在她肩膀上，微微闭眼，安心地小憩，我知道有蔚蓝在身边，一切都可以很放心。

手链成品比画报上的设计展示图片更加漂亮，红与绿交汇浸染，在灯光下折射出晶莹的宝石光芒，流光溢彩。就连看惯了华美饰品的蔚蓝也禁不住深吸一口气，嚷嚷着要试戴。当她恋恋不舍地从手腕上摘下手链后，立马预定了同款材质设计相似的两条项链，乐得那个小老板精神都为之一振。我却在旁边看蔚蓝刷卡看得心惊胆战。

后来当蔚蓝拿着那条项链给我时，才知道当初有一条是订来送给我的，如果早知道我当场就阻止她了。唉，当你有一个太有钱的朋友而自己家里条件却一般时，你大概就会明白我的感受了。虽然蔚蓝在物质方面从来都不会计较这些，因为她是赠予者，自然无法体会接受者那一方的感受。古语说了，来而不往非礼也。

原本是抱怨着来，最后却心满意足地走。蔚蓝对物质有一种近乎狂热的迷恋，她曾说，那令她满足与快乐。

第二天是周日，终于可以从补课的牢笼里逃脱出来，难得睡一个懒觉，却被罗亚晨催命般的电话吵醒来。看了看时间，才发觉已经快中午了，竟然睡了整整十二个小时！

亚晨通宵赶工，终于在截止日将那些临摹的油画全部完成了。早上六点才睡，可再困也不得不爬起来，因为他约了他表姐一起吃午饭。他住的地方离我家比较远，他说："好西曼，你就好人做到底，帮我把礼物送到餐厅来吧。"

我在餐厅门口等了好一会儿，亚晨才来，他还打着哈欠呢，精神也不太好。

"一起吃饭吧？顺便介绍我姐给你认识呀！"他接过礼物，邀请我。

这可是人家的生日宴，我又没带礼物来！

我摆摆手，"不用不用了，我不饿……"

"咕噜！"

什么叫作打脸？这就是！我低头，瞪着不争气的肚子。

"哈哈哈！"罗亚晨这个讨厌鬼，笑得毫不给面子，他揽着我往餐厅里走，"别跟我装客气了，走吧。"

我望着玻璃门内靠窗位置上令人垂涎的美食，吞了吞口水，脚步已跟着往前。

03 >>>

我没有想到，原来我与苏灿之间离得这么近。

当我跟在亚晨走到餐厅里最里面的座位时，我看见迎面而坐的那个女孩子，我怀疑是自己眼花，揉了揉眼，再睁开，没错，依旧是她——苏灿。

我还没来得及表示什么，亚晨已经大刺刺地坐在她身旁，给了她一个熊抱，朗声说：“姐，生日快乐！”

苏灿竟然就是亚晨的表姐！这……这真是，无巧不成书啊！

“西曼……”苏灿已经站起来，走过来拥抱住我，十分惊喜：“这真是我收到的最好的生日礼物了。”

我不知道该说点什么好，只知道傻乎乎地拼命点头，眼眶里竟泛起了水汽。在水汽迷蒙里，我看见亚晨傻乎乎地把嘴巴张成了O型，越过他的肩膀，我还看见一脸惊诧地缓步朝我们走过来的另一张熟悉的面孔——是那言。

我们这些人的交织，大概真的只能用奇妙的缘分来解释了。

当那言在苏灿身边坐下来，她冲他微微一笑，我就知道他是谁了。

郎骑竹马来，绕床弄青梅。这个故事苏灿在甘南的夜空下曾讲给我听过。那是停留在拉卜楞寺的最后一晚，我们都睡不着，爬起来坐在旅馆的小天台上望着星空发呆，高原的夏夜凉而静，繁星密布，星空美得令人屏息。微风拂过，苏灿指尖的烟在夜色里明明灭灭，映照着她孤独的面孔，映照着她细碎的语言与记忆。

苏灿从小就一直喜欢的人，是邻居家大她两岁的哥哥，两家父母是旧识，感情深厚到特意将房子买成并排的两栋小院子。他们之间的相遇没有任何惊喜也不够惊心动魄，一切水到渠成般的自然而然，上一代的缘分铺就了另外一段感情的开端。

似乎很多小女孩，尤其是独生女，在小时候都曾喜欢过自己的哥哥，表哥堂哥或者是邻居家的哥哥，喜欢跟在他们的身后四处奔跑玩耍，享受那种被照顾被宠爱的感觉。其实最初的喜欢很纯粹很透明，只是渐渐地那种超越兄妹的情愫会随着岁月暗暗滋生，朝着另一种感情铺展，无法遏制。

那是爱情，苏灿的爱情。

苏灿说："虽然我有哥哥姐姐，可因为年龄相差得太远，他们都不爱跟我玩，小时候的孤独感甚至超越了独生女。独生女往往会吸引到父母所有的注意，可父母亲的爱分成了三份，我所占据的仅仅只有三分之一，或者更少。而且我性格沉默，欠缺活泼，并不讨长辈喜欢。

"在我的童年以及少年，只有一个人对我好。他对我那么温柔地笑；被人欺负的时候他用拳头帮我出气；下雨天永远撑一把伞等在家门口一起去学校；考试没有考好被妈妈责骂关禁闭的时候，他偷偷躲在窗户外面敲暗号，然后透过窗户拉过我的手，将一枚我最喜欢的奶糖放在我手心里；他送我亲手制作的第一架飞机模型……

"一个沉默孤独的小女孩，在跌跌撞撞的青春成长路上，太容易将这种好幻化成某种独特的情愫，埋藏在心底，一路滋生膨胀，再也回不了头。

"可是，后来他对我说，自始至终都只当我是妹妹。"苏灿的声音在夜色下轻不可闻，轻细到仿似从遥远的山谷反射过来的余音，带着令人心碎的忧伤。

她自我筑造起来的幻象世界，自此崩溃……

那个人，就是那言。

我也不知道为什么那么笃定的一眼就看出那言就是苏灿心中的那个人，可有时候女孩子的直觉真是要命地准。

一场生日饭吃到最后演变成认亲会一般，亚晨一边往嘴巴里塞东西，一边睁大眼睛咋咋呼呼地说，这也太巧了吧！

谁说不是呢，这一场遇见，没有比巧合更贴切的形容词了。

苏灿显得特别开心，桌上的那瓶红酒有二分之一都被她灌进了胃里，是的，用灌的。她喝酒跟抽烟一样猛烈，仿佛灌进去的只是白开水。最后那言看不下去了，夺过酒瓶子将剩下的酒全部倒进自己的杯子，蹙着眉说：“少喝点，你的胃不太好。”

哪怕他不爱她，可依旧关心她。可他却忽略了，这样的温柔只会令苏灿更加痛苦，欲罢不能，燃起无尽的希望，可接踵而至的是更加凶猛的绝望。

04 >>>

饭毕，苏灿提议去KTV唱下午场。

趁那言去取车，苏灿挽住我的手臂将头轻搁在我肩膀上，眼神随着那言远去的背影，轻轻地说：“今天还是我求他来陪我过生日的。西曼你说，我是不是真的很犯贱。”

我心疼地握住她的手，轻声说：“没有。”

在我们的生命中，是不是先爱上、爱得深的那个人，永远都处于卑微的位置，低到尘埃里呢？

到了KTV包厢，苏灿又点了两瓶红酒，亚晨试图阻止，可她却挥开他的手说：“今天是我生日，又与西曼重逢，我开心呢。别不懂事。”

那言沉默地坐在沙发上，一言不发。

我没有作声，我知道苏灿并不是真的开心，哪怕再次遇见我。她的不快乐自那言拒绝她的那一天开始，便深入骨髓，如同这些年她对他的爱深入骨髓一般。

曾听人说，这世间有一种女孩子，为爱而生，无爱不欢。我不太信，我想怎么会呢，生活中有那么多值得我们好好热爱与留恋的东西，爱情诚然带着致命的诱惑，可也并不是人生的全部。

可看到苏灿，我不得不信。

哪怕是生日，她唱给自己的歌也那么令人难过。优客李林的一首老歌《等待是一生最初的苍老》：在每个想念的分秒/刻画你紧紧的眉梢/让每个想念的分秒/留驻你淡淡的眼角/从年少的轻笑/到世故的祈祷/而沉默的我却不明了/这样的苦怎能教它过去就好/因为今天想念的分秒/到明天破晓……

苏灿没有唱完最后一个音节，忽然丢掉话筒踉跄地推开包厢的门，跑了出去。我起身欲追，那言已先起身追出去，亚晨拉住我的手臂，用眼神示意我坐下。

“他是我姐的劫。”一向大大咧咧的亚晨，忽然说出一句与他极不相称的带有宿命的话来。

等了很久，苏灿与那言也没有回包厢，亚晨索性关掉音乐，包厢里静悄悄的。后来走廊里隐约传来尖叫声，伴随着从别的包厢里传出来的音乐声，我急忙冲出去。走廊尽头的洗手间外，苏灿抱着头蜷缩在墙角，发出尖叫声。而那言，双手掩面，靠在她身旁的墙壁上。

一个身影比我更快冲过去，是亚晨，他紧紧圈住浑身颤抖尖叫的苏灿，回头冲身后的那言怒吼：“你走开！”

我蹲下身，握住苏灿冰凉而发抖的手指，她的头蜷在亚晨的怀里，已停止尖叫，只听到破碎的音节从她嘴里咿咿呀呀地发出来，又被亚晨的胸膛挤压成沉闷的钝响。

“你先走吧。”我抬头望了眼一脸疲惫的那言。很想问他究竟发生了什么事，令苏灿忽然之间如此失常，可现在这样混乱的场面，似乎不太合适。

那言最终沉默地离开了。

亚晨抱起苏灿，我跑到路边去拦出租车。

苏灿在这个城市最南端的高校区外开了一家小书吧。两层小楼房，落地玻璃窗，铅灰色墙面，深红色柔软沙发，木质地板与原木茶几，一整面墙的书与CD碟片。墙角、吧台以及每个桌子上都种了绿色的盆栽植物，十分舒适安宁。

从甘南回来后，她就从家里搬了出来，开了这家书吧，一楼是阅读区，提供咖啡饮料，二楼是她的生活起居室。

苏灿其实是个很会生活的女孩子。

喝多了酒又加之情绪激动过度，在出租车上苏灿靠在亚晨的怀里沉沉睡了过去。亚晨只得让我从她包里摸出钥匙，打开了书吧的门。

那天我与亚晨一直在书吧坐了很久，直至夜色一点点笼罩城市。我们每隔半小时就跑到二楼卧室去看一看苏灿。她的眉头始终紧蹙，眼角有泪。我伸出手，轻轻拭去她眼角的泪痕。

虽然我与亚晨谁都没有提，可我们心里都有着同样的担心与害怕。

晚上十一点，我与亚晨沉默地走出书吧，走了好远，我回头去望，二楼窗口有灯莹莹亮着，我们走时故意没关的，光线虽然微弱，却不至于令忽然醒过来的苏灿感到孤寂害怕。

那晚我再次做了那个梦，已经很久没有出现的那个暗夜河堤的梦。我再一次听到夏至仓皇而又忧伤的声音，梦里，我伸手胡乱去抓，想要抓住离我愈来愈远的声音，可什么也抓不到，握在手心的，是冰凉与潮湿。而后，那个吉卜赛女人充满魅惑的声音周而复始地响在我耳畔，如同一把刺入我心脏的尖锐的刀——放下才能快乐，放下才能快乐。最后，声音一丝丝散去时，我竟然看到苏灿，她蹲在河堤黑暗的角落里，浑身颤抖着发出歇斯底里的尖叫声……

我惊醒时，床头柜上的闹铃不知疲倦地叫着。我伸手摸向脸颊，一头一脸俱是凉而黏稠的汗。

窗外刺眼的阳光照进窗户，洒在地板上，天光大白，又是新的一天。

05 >>>

青稞再次与我联系时，我正与蔚蓝在商场里给她妈妈选生日礼物。我真是好无奈，一个不太喜欢逛街眼光也不见得很好的人，却成了每个人选礼物时的首要参考人。

蔚蓝拿着她爸爸给的信用卡兴致高昂地穿梭在一家又一家灯光绚丽的专柜，路过化妆品专柜时她说哎呀西曼你觉得送一套护肤品如何？路过珠宝专柜时又说咳，似乎这条手链也很赞呢。路过内衣专柜时她又觉得送内衣似乎也蛮不错的样子，说完嘻嘻笑着凑到我耳畔说：“偷偷跟你讲，我妈妈起码有D罩杯！”无比羡慕的语调。

蔚蓝与她妈妈一直很亲密，像姐妹知己一般，那种感觉与我跟妈妈之间的感觉不一样，我们彼此很爱对方，可我从来也不会像蔚蓝一样，摇着妈妈的手臂像个小孩子钻进她怀里撒娇。很多时候我会羡慕那样的亲密无间。

“我爸真宠我妈呢。”结账的时候蔚蓝一边刷卡一边回头朝我挤挤眼。

我心里一个咯噔，忍不住又想起在心理诊所外看到的那个画面。到底要不要跟蔚蓝说呢？每当这种想法在我脑海里浮现时，下一刻立即有个声音大声地反驳说，不行，绝对不行！而且那个声音一次一次告诫我说，那只是你的幻觉。

手机铃声将我惊醒，青稞在电话那端说：“西曼，你现在可不可以来一趟？我实在不知道该找谁了……”她说了一个地名，竟然就在我们待的商场隔壁的一家百货公司。

蔚蓝问：“谁呀？”

“一个朋友，你陪我去一趟吧。”我心里升起一股不好的预感。

果然，我们是在百货公司的保安部见到的青稞。她行窃被抓，这次她并没有我第一次遇见她那回幸运，得以逃脱。

见我来，青稞微微低垂的头抬了抬，望了我一眼，眼神里有感激。她旁边的桌子上，放着一个被翻乱的包，以及她偷来的几只小物品，有睫毛膏、口红、水晶发夹等。

蔚蓝拉了拉我的手臂一点也不顾忌地问我：“她谁呀？”语气里有一丝鄙夷。

我回头看她一眼，示意她先别问了。

我走到负责人面前说：“先生，真是对不起！这些东西我们会如数付款，求您原谅这一次，不要报警好吗？”

青稞轻轻别过头去。

“西曼！”蔚蓝在我身后大喊。

我转身，对她说：“先借我点钱，行吗？”虽然都是一些小物品，可价格全部加起来是一笔不菲的金额。幸好今天有蔚蓝在，要不，我哪里付得起！

“我不要！你先告诉我，这个……这个肮脏……让你低声下气保护的人是谁？”她指着青稞。

“你骂谁脏呢！”一直沉默的青稞猛地跳起来，冲到蔚蓝面前。

“就骂你！你哪儿冒出来的，凭什么自己做了脏事让西曼给你收拾烂摊子！”蔚蓝仿佛吃了火药般地爆炸开来，一句比一句高。眼看要打起来的架势，我将蔚蓝拉到身后，按住暴动的太阳穴，还没出声，那个负责人已不耐烦了：“吵什么吵，到底是要买单还是等我报警？”

“买单！”我忙说，一脸恳求地看着蔚蓝，“等事情解决了我再给你解释好不好？”

许久，她才极不情愿地从钱包里掏出一张卡，说密码是我生日，说完转身就走了。

走出百货公司，我将小购物袋递给青稞，她低了低头，良久，终是接了过去，轻声说：“对不起，谢谢。”片刻，又补了一句：“西曼，我又欠你一次了。”

“以后不要再这样子了，很危险。”我叹口气，“如果有什么困难，你可以说出来，能帮的我一定会尽力。”

她正想说什么，身侧忽然响起喇叭声，以及一声口哨声。循着她的目光看过去，不远处的摩托车旁，一个男生正斜斜倚在车身上嚼着口香糖，安全帽拿在手上，见青稞望过去，他打了个响亮的响指。

“我男朋友。”青稞说。

我望了望那个男生，又看向青稞，蹙眉说：“今天的事他知道对不对？他一直在外面等你？或者说……”我咬了咬嘴唇，“是他一手策划，却让你独自陷入困境！”

“西曼，别问了好吗？”她轻轻挣脱我的手。

我还想再问，那个男生已经走了过来，他瞟了我一眼，对青稞说：“磨蹭什么呢，走啦！”

他强拉过青稞的手臂，转身就走。青稞边走边回头用手在耳畔比了一个打电话的手势。

我望着他们远去的背影，发怔。

不知过了多久，电话铃声将我惊醒。

是亚晨，他带着浓浓鼻音的声音从电话那端传来。听明白他意思的那瞬间，我有一种天旋地转的感觉。

苏灿出事了。

06 >>>

那是我第一次与死亡离得那样近，我第一次如此讨厌医院苏打水的气味，冰冷的病房，以及近乎惨烈的白。

这与以前很多次去医院找妈妈或给她送饭是截然相反的两种感觉。我一路狂奔，听到自己的足音在午后寂静的病房走廊上发出“咚咚咚”的空洞声音，深秋的风从一路洞开的窗户外卷进来，刮过我的耳鼓，直刺怦怦怦剧烈颤抖着的心脏。

走廊尽头的急救室外，亚晨颓丧地坐在地板上。我跑到他身边蹲下，握住他冰凉而轻微颤抖的手指，不敢问一句，苏灿怎么样了？

我怕听到不想听到的答案。

亚晨忽然抓紧我的手，他的声音是颤抖的：“西曼……我真的很害怕她再也醒不过来……西曼你知道吗，这已经不是第一次……”

我也害怕，可我不得不咬紧嘴唇，尽力让自己镇定下来，紧紧反握住亚晨的手指。

我深知他与苏灿的关系有多么要好，亚晨的家并不在这个城市，他父母因为经商很忙碌常年出差在外，每一年的寒暑假都将他送到这个城市的姨妈家里，作为表姐的苏灿对他很照顾，虽然年龄相差了五岁，可他们之间一点代沟也没有，一直很亲密。升高中时，亚晨索性搬到这个城市来念书。

“别怕，不会有事的。”我轻声安慰他也安慰着自己。

在漫长的时光过后，急诊室的门终于被打开，昏睡中的苏灿被缓缓推出来，她的脸色惨白，整个人看起来像一片了无生气的纸片儿。

医生说，幸好发现得及时，否则……

她喝了掺了安定片的红酒，然后溺在了浴缸里，若不是在书吧里做兼职的女学生有事需要找她请假，而后找上二楼卧室，只怕……

夜色四合，苏灿缓缓转醒，看到坐在病床边满脸担忧的我与亚晨，冲我们露出一抹虚弱的笑，她说：“我并没有自杀，只是这些天老睡不好，太痛苦了，就用酒送了片安定，想着泡个舒服的澡去睡午觉的……”

“别说了。”亚晨打断她，偏头不忍看苏灿自欺欺人的解释。

“亚晨你先回去休息吧，西曼留下来陪我。”苏灿又开口说道。

亚晨望了望我，我用眼神示意他别担心，有我在呢。他才放心地离开了病房。

我蹲在病床旁，摸了摸苏灿苍白的脸颊，轻声说：“很难受吧？”

“我没事呢，别担心。”她笑了笑，那笑容却很惨。

“要不要喊那言过来……”我迟疑了下，还是问了出来。或许她最想看到的人，是那言。

“不要！”她尖锐地打断我。

过了许久，她又幽幽地开口：“我不想再令他心生厌恶与失望。而且，有什么用呢？他能给我的，我不想要；而我想要的，他永远都给不了。”

她望着我，“西曼，你还记得在甘南时那个占卜的吉卜赛女人说的话吗？”

我点头。

“我似乎有点明白她话中的意义了，这个世界上很多东西是我们努力便可以得到的，可有一样，任我们拼尽全力得到的却也只能是绝望，那就是你深爱却不爱你的人的爱情。那个女人说莫强求，放下才能快乐。我知道，我一次又一次用这句话来告诫自己，给自己催眠。”

“可是西曼，为什么无论我怎么努力就是放不下呢？”

“为什么就是放不下呢？”

苏灿的声音轻轻的，在病房内惨白的灯光下，在这个冰冷的空间里来回荡漾，撞击着我的心脏，声声切切，凄婉而哀凉。

我望着窗外浓黑的夜，无法给她一个答案，就如同我无法给自己一个答案，为什么时光过去这么久，我就是放不下夏至呢？放不下那些记忆中璀璨的美好过往，放不下心中想得到一个关于他不告而别的答案的执念呢？

第四章
/
气味的记忆

[淡淡松节油的气息，是属于你的独家气味，感谢这些记忆的线索，让我再次遇见你。]

01 >>>

苏灿再次睡了过去，好看的眉毛微蹙着，它们倔强地扭成一堆。她侧身，蜷缩成一团，双手紧紧地揪住被子。那是极度缺乏安全感的一种表现。

我悄悄拿过她的手机，从电话簿里抄出一串号码，存在自己的手机里。

我站在病房走廊尽头，深呼吸几下，才摁下屏幕上那串号码。

“喂，哪位？”电话接通，低沉的男音从那端传来，礼貌却冷淡。

我犹豫了，不知道这样做究竟是对还是错，苏灿知道后是否会对我生气呢？

“喂？”那言的声音响起。

没什么的，又在心里给自己找了个理由——我实在不忍心看到苏灿这般痛苦的样子。

“我是盛西曼，可以见一面吗？”我没有提及苏灿住院的事，想见那言也并非希望他来医院探望，而是想要与他谈一谈。或许你会觉得我很八婆，可作为苏灿的朋友，我真的想要拜托那言，若不能给予苏灿所希祈与需要的，那么请你离开。收起你所谓的不忍心伤害与温柔的关心，这只会带给她更多的伤害。

“现在？”他略微迟疑。

“嗯。”我顿了顿，又说：“如果你不方便出来，我可以去找你。”

“我确实有点不方便。什么事？”

“你在哪儿？”既然已经开始了，索性做到底吧。我咬咬牙，边问边下楼。

“……家。”他的声音听起来有点无奈。

“家在哪儿？”我继续问。

等了片刻，他才说了个地址。

“你在家等我，哪儿都不要去。”说完我就挂掉电话，生怕他拒绝我。我拜托护士先帮我照看病房里的苏灿，想了想又将亚晨与我的手机号码都写给她，才安心离开。

出租车一路北行，缓缓穿行在夜色与霓虹交织的城市空间，风从洞开的窗户吹进来，将我先前的热血与冲动吹醒了几分，我又开始矛盾起来，甚至想叫师傅掉头回医院。可最终，车还是稳稳停在了那言住的小区外面。

通过保安的询问与登记，乘电梯上15楼，我站在他家门口摁门铃，才响一声，门就开了，我打量那言的表情，他神情中似乎有点无奈，却没有生气，我稍微安心。

“抱歉，这么晚来打扰你。”我说。

他微微笑，语气温和：“没关系，进来吧。”

不知是从前没有注意还是真的是第一次看见那言笑，他笑起来很好看，浓眉弯起，嘴角轻轻上扬，让人觉得温暖。那也是我第一次仔细打量那言，心里禁不住想，是这样清朗而英俊的男人呢，也难怪苏灿迷恋至此。

我跟在他身后走进去，抬眼环顾这间屋子。客厅、卧室、厨房敞开在一个大的空间里，全开放式，一目了然。地方不大，但空间设计得很合理，装修也极为简洁精致。茶几上放着两杯喝了一半的饮料，似乎这里有客人来过，刚走。而客厅靠落地窗的一角，摆了一张很大的桌子，此刻台灯亮着，桌上铺展开一张长长的白纸、铅笔、尺子等绘图用具。

听苏灿提及过，那言是一名飞机制造工程师。当时我还特膜拜地说了句，哇，造飞机的呢!

“喝点什么？”他问我。

我收回打量的目光，说：“哦，不了，谢谢。”我顿了顿，说：“抱歉打扰你了，我找你，是因为苏灿。”

他大概早已猜到我的来意，没有惊讶，只是脸上的笑意慢慢敛去了，轻叹般地说：“西曼，有很多事情你不了解。”

我咬了咬嘴唇，说：“我是不了解。我来，只是想拜托你，既然你不爱苏灿，就离她远一点儿吧，别再给她一丁点的希望。我看她那么折腾伤害自己，真的很心疼，很难过。”

他望着我，良久才说：“你是真的很维护苏灿呢。”

“我把她当作姐姐。”我说。

“有你这样的朋友，苏灿很幸运。”他说，“可是西曼，我们之间的事，你以后不要再管了。这也是我的拜托。”

我被他看得有点心里发毛，是啊，感情的事，如鱼饮水，外人哪里有什么立场来干涉呢？我头低了低，心想，如果蔚蓝在这里，一定又得狠狠骂我吃饱了撑的多管闲事了吧。

“抱歉。”我起身，懊恼着往外走。

那言跟过来：“我送你回去吧。”

“不用了。”我以最快的速度跑出他家，重重关上门，将他的声音阻隔掉。

02 >>>

夜凉如水，从那言家里出来后，我心烦意乱地沿着马路漫无目的地走。这一片是市中心较繁华的地段，车来车往，人流拥挤。我随着人潮穿越地下通道，站在出口处愣了愣，然后往左边走，拐进一条小吃街。看到街边热气腾腾的食物，饥饿的感觉才一点点侵袭过来，从下午开始一直待在医院守着苏灿，我连晚饭都忘记吃了。

越往小吃街的巷子里面走，才恍惚地记起这个地方以前来过，与夏至一起。他对这个城市的每一条街道、每一条小巷都无比熟悉，他不喜欢坐在画室里面对冰冷木然的石膏像，或者是蔬菜瓜果，甚至傻傻摆着固定姿势的人像模特埋头苦画，他的速写本上永远都是流动且鲜活的画面，一帧帧生动的人间百态。

他曾牵着我的手走过这个城市的诸多小巷子，他寻访独特的风景，而我的目光，永远停留在那些色香味俱全的各式美食上。因此，他常常敲我的头说从来没有见过比我更爱吃的女孩，还取笑我“你是猪啊”！调侃归调侃，但马上掏出纸巾帮我拭去嘴角的油腻，他手指带着松节油的气味，混淆着食物的芳香，一起蹿入我的鼻腔，成为属于他的抹之不去的独特气味。

在一碗汤圆的热气蒸腾中，那些记忆中璀璨的片段一点一点在心里复苏，吸了吸鼻子，将一枚饱满的豆沙汤圆塞进嘴巴里，暗笑自己这是怎么了，真是越来越矫情了。

抬头，目光忽然被小吃店玻璃外一闪而过的一抹身影吸引住，那个人……我晃过神来时，他已走出好远，我抓起包就追过去，嘴里喃喃：“夏至，夏至……”

我慌乱地在小巷子里拥挤的人潮中穿梭，拨开一个又一个挡在我前面的人，眼睛睁得老大，前一刻的影像迅速倒带：深蓝色卫衣，黑色牛仔裤，黑色棒球帽，双手随意地插在口袋里，微低着头走路，懒洋洋的模样。这是刚刚从我眼前走过的人的装扮，也是夏至惯常喜好的装扮，连手插在口袋中的姿势都那么像。

可为什么一眨眼他就不见了呢，我站在巷子里四处张望，没有，没有，还是没有。我一路疯跑出巷子，站在一个十字路口踮脚张望，可熙熙攘攘的人潮里，灯火辉煌的街头，车来车往，汽车尾灯与霓虹交相辉映，照出无数张行色匆匆的面庞，却唯独没有我要找的那一个。

我颓丧地蹲在地上，双手掩住面孔，喘着气。

等缓过来了，我起身，朝马路对面的公交站走去，神色恍惚，没注意马路对面的指示灯已经转为红灯，当我反应过来时，汽车喇叭声已经很近很近了，炫目的白光刺进我的瞳孔，我睁大眼，心里知道应该马上跑，身体却僵硬了，动弹不得。

电光火石间，感觉到一阵强风从我耳边呼啸而过，手臂被人拽住，身体在空中旋转一个圈，而后被拉入一个怀抱里。

那一刻，本应有的譬如惊吓的情绪却在瞬间消失殆尽，我紧紧拽住那个人的衣襟，好像拽着什么珍宝。我的脸还埋在他的胸前，鼻端传来的气味，是那么熟悉的气味，独属于夏至身上的淡淡松节油的气味……我抱住这份气味，不肯松手。

“你……还好吧？”头顶传来迟疑的询问，不是那个我熟悉的声音，而是全然陌生的嗓音。

我一个激灵，从他怀里弹开，退后两步。

他的身影慢慢变得清晰，是他！刚才我一直在追的那个深蓝色卫衣与黑色棒球帽。借着路灯，这一次我终于看清楚他的正面，仔细看，他与夏至长得并不像，可他的眼睛与夏至的眼睛那么相似，以及他身上的气质与感觉，真的真的让我恍惚以为他们是同一个人。

我想起他是谁了，我曾见过他的照片。

我正想开口询问，却被他忽然抓住了手腕，他神色十分惊诧，那惊讶里还带了点欣喜，他伸出手似乎是想要抚摸我的脸颊，在半空中又停住了，他皱了皱眉，手指转了个方向，摁住胸口。

一切转变得太快了，我还愣神中，拽住我的手腕的手忽然松开了，我看着他脸色瞬间变得惨白，神色很痛苦，呼吸困难。

“喂……”

我话还没说完，他整个人就朝我倒了过来。

这就是我与江离的第一次见面，在如此混乱恍惚甚至狗血的情景下，他将我从危险的车流中救出，转瞬却晕倒在我怀里。

03 >>>

有好心的路人拨打了120，在等救护车的时间里，江离昏睡在我身上，而我，尴尬地瘫坐在地上，动也不敢动。

我手指按住隐隐疼痛的太阳穴，叹了口气，这究竟是个什么情况呀!

我一直未曾放弃想要见的人，竟然莫名其妙地忽然出现在眼前，可满腹的疑问来不及问出口，他竟然直接晕菜了……

这真是一个充满了狗血与奇遇的夜晚呀。

救护车呼啸而来，将江离小心翼翼地抬上车后，那护士又一把将发愣中的我也拎上车，嘀咕一声说，家属赶紧跟上呀，发什么愣呢!

刚想说我不是家属呀，可嘴皮动了动，到底作罢。

除了狗血与奇遇，这还是一个“杯具”的夜。既然冒充了家属，就得做家属应当做的事。我在缴费窗口徘徊了片刻，摸了好几次自己干瘪的钱包，最后叹口气，又折回找那个护士，“可不可以麻烦你帮我去把刚推进去那病人的手机偷出来，哦不，拿出来。”

护士小姐好奇地看了我一眼，但还是从置物箱里拎出来一个袋子递给我，“他的东西暂时都保管在这里了。”

我取出了江离手机，翻开电话簿，拨了通讯录上“爸爸”的名字，电话关机。翻到“妈妈”的名字拨过去，可话筒里始终传出冰冷且机械的女声说着“暂时无法接电话转语言信箱”之类。

我立时傻眼了，心想这什么父母呀，大晚上的个个都日理万机呢。

正在这时，手机忽然响起来，屏幕上的来电名字显示为：小舅。我想也没想赶紧接通，未开口，那端已先说话：“到家了吗？”

这个声音怎么有点耳熟？我也懒得管了，将事情简单陈述一番，然后挂掉电话，等待对方过来。

当看到推开病房门而入的那言时，我甚至怀疑是不是自己困顿得眼花呢，可揉眼再看，依旧是他。我觉得这个夜晚奇妙巧合到已近乎不可思议。

我忽然也明白过来为什么在江离的画展上会遇见那言，并且他可以自由出入美术馆的休息室。

那一次的画展江离身在里昂并未回国，画展一切事项都托付给他的小舅舅那言打理。

那言看到我时，亦是满脸惊讶。

我站起来，只是冲他笑笑，摊摊手，没有解释什么，此刻我实在已是精疲力尽了。将江离的随身物品递给他，我说：“他情况稳定下来了，没什么大事。我先回家了。”

至于我心中关于《珍妮》那幅画的疑惑，下次再找机会问清楚好了，反正我已经存了他的手机号码。

那言说：“很晚了，你一个女孩子不太安全，我送你。”

“哎，不用不用，医院门口很多出租车的。”我摆摆手。

他伸出手揉了揉我的头发，“听话。”语调轻柔如哄小孩儿。

呃……把我当小孩子呀？我看了眼沉睡中的江离，也是，我跟他外甥差不多大呢！

我看了下腕表，已经十一点多了，身体无比疲惫，最终点了点头。

04 >>>

苏灿出院的时候也只有我与亚晨陪在她身边，亚晨没有将这件事告诉苏灿的父母，那言也并不知情。

亚晨去办理出院手续的空当，我开始帮苏灿收拾随身物品，她安静地靠在窗台上点燃一根烟，窗口洞开着，有凉凉的风吹进来，我将外套披在她身上，瞪她：“你不要命了呀！”

据护士说她住院的这几天依旧不管不顾地抽烟，护士警告她说：“你不为自己着想也请有点公德心，这是公共病房！”她索性从三人间搬到了独立病房。

她摸了摸我的头发，笑了笑，问：“西曼，亚晨是不是喜欢你？”

我一愣，叹气道：“我也希望是呀，可惜啊，落花有情流水无意……”

“什么呀！这小破孩竟然这么没眼光！”苏灿将烟蒂弹出窗外，“我帮你教训他！”

我忍不住“扑哧”笑出来，倒在她肩膀上，既好笑又有点感动。

她见我这样，恍然大悟过来，怒道："你这死丫头，竟然逗我！"她伸手来挠我痒痒，我最怕的就是被挠痒痒，一边笑一边东躲西藏，最后两个人都倒在了病床上。

亚晨办完手续回来时，看到原本清冷的病房里充盈了笑声与求饶声，我与苏灿已将战场从病床上转移到病房角落里，床上叠好的被子弄得乱七八糟，地板上丢了许多细碎的小东西，他愣在门口甚至怀疑是不是走错了病房。

后来在苏灿书吧的小厨房里一起做饭时，他忽然没头没脑地冲我说了句"谢谢"。我好一会儿才明白过来，轻声说："苏灿在我心中也是姐姐。"

书吧二楼的厨房虽然小，但干净又温馨，做饭设备一应俱全，亚晨说："我姐可是烹饪高手噢，不管中餐西餐，都难不倒她！不过呢，今天让本少爷先露一手吧，保准到时候吃到你想吞舌头！"

我呸他，"吹，你就吹！"

苏灿倚在厨房门口吐着烟圈，微笑不语。

那顿饭很丰盛，五菜一汤，虽然都只是简简单单的家常菜式，却真如亚晨所说，吃得我直想吞舌头，尤其是那道香菇鸡汤，甚至比我妈的手艺还要好上几分！

我一边盛汤一边嚷嚷："罗亚晨你确定不是女扮男装？或者上辈子你是个厨娘吧？"

苏灿哈哈大笑，亚晨作势抢我的汤勺。

隔着热气腾腾的汤氤氲出的雾气，在这样温馨嬉闹的气氛里，我怔怔地想起夏至来，他也做得一手好菜。

有一次他兴致高昂地拉着我一起去菜市场大肆扫荡一番，他将我推出狭小的厨房，对我豪言壮语："出去等着吧，让你见识下什么叫作人间美味！”我笑他，别夸海口！然后时不时跑到厨房门口监督进程。原本以为会看到一个乌烟瘴气的厨房，却没想到他正有板有眼地洗菜，切菜，厨房里整整齐齐，连惯常男生做菜会弄得乱糟糟的状况都没有出现。当夏至将几道色香味俱全的菜端上饭桌时，我的惊讶已直升为崇拜。

每一道菜都很好吃。见我夸他，他也毫不谦虚，冲我眨眼，你男朋友就是这么厉害的人啊！

我问他什么时候学做菜的，他神色忽然就黯淡了几分，说："有一年暑假我在一个小饭馆打工，那个夏天闷热得令人窒息，可我每天从上午开始一直到晚餐结束，都得在那个火炉般的小厨房里进进出出，洗菜切菜洗盘子……"他顿了顿，脸上恢复一贯懒洋洋的无所谓般的笑容，拍拍我的头说："喂，盛西曼，你什么表情呀。我也有收获呀，店里那个大师傅的手艺可都被我免费偷学光了，哈哈！"

我微微低头，夹起一块排骨送到他碗里，以掩饰自己心疼的神色，我宁肯他抱怨，也不想听他带着无所谓的自嘲来掩饰曾经有过的我永远也无法体会的心酸。

后来很多个夜里，那个唯一一次夏至亲手做饭给我吃的场景入我梦来。梦里是暮春的好光景，陈旧老式的小平房，簇簇拥拥的蔷薇花，粉的白的，幽幽的香气伴着微风送入那间简陋的小屋，我与夏至并肩挤在狭窄的小厨房里洗碗，窗户洞开着，夕阳一丝丝照进来，打在洗碗池中浮起的一堆高高的洗洁精泡沫中，折射出炫彩光芒。那一刻，我忽然想到一句诗——愿得一人心，白首不相离。

可愈是美好的记忆，梦醒时愈是黯然神伤。每一次从梦里醒来，望着漆黑的房间，总有一种时间与空间的错乱感。可心里有个声音在对自己说，他已经离开了你，遍寻不获。哪怕你是如此的想念。

我放下汤勺，问苏灿：“你这里有没有保温瓶？可以盛汤的那种。”

亚晨说：“喂，你想干吗，吃不完兜着走？”

我没心思跟他斗嘴，说：“有个朋友住院了，带给他。”

“是谁呀？男的女的？”亚晨兴致勃勃地凑过来问。

“是……”我凑到他耳边，压低声音，“原来你这么八婆啊！”

“……”

我哈哈笑着跑去厨房，苏灿正从橱柜底层翻出一个未开封的新保温杯，她用热水细致地烫过，然后将紫砂煲里剩余的鸡汤都盛了进去，满满一大杯。

我拎着它出发去医院。

我不知道江离是否还在住院，我打过两次他的电话，一直是关机状态。天知道我怎么会忽然生出提着鸡汤去医院探望他的想法，只是在走神想起夏至的间隙里，脑海里不由自主便想到了江离。那晚我近距离地看清了他的脸，也真切地听到他的声音，我知道他并不是夏至，可……你们有过这样的时候吗，会在另一个陌生人的身上看到自己熟悉的人的影子，那种影子无关长相，无关声音，只是一种感觉，是那人身上散发出来的某种你熟悉的气味，或者仅仅是一个动作，一个眼神。

江离之于我，便是这样的感觉。他确确实实不是夏至，可在他身上，却又真真切切地有那么多与夏至相似的特质，他的画，他走路的姿势，气质，身上淡淡松节油的气味……

这一切的一切，不由自主地吸引着我。而那个时候的我，仅仅只是以为在他身上或许可以找到与夏至消失有关的蛛丝马迹。我知道这样的想法很荒谬，但我始终有一种近乎疯狂偏执的坚信，那种信念不知从何而来，也找不到一个强大的支撑点，可它确确实实地存在，并且一发不可收拾。

带着那样的信念，我一步一步朝江离走近。

05 >>>

我运气还不错，护士说江离并未出院，只是从普通病房换到了条件很好的独立病房。

护士小姐低声说："不过608房的病人似乎情绪不太好，前两天闹着要出院呢，他妈妈不仅禁止他外出，甚至连手机都没收了。除了家人也没见同学朋友过来看他。"说着望了眼我手里的保温杯，"你是他的同学？朋友……"

我赶紧说了句"谢谢"溜之大吉，接下来只怕她会问，女朋友？我揉了揉眉心，真是八卦无处不在呀！

我站在608室门前，犹豫着开场白该怎样说。毕竟我与他只有一面之缘，而且是在那么混乱的情况下，路灯昏黄，他未必还记得我。

我抬手正准备敲门，从虚掩着的门缝里忽然瞥见一抹穿着病号服的身影正爬上窗台，有一半的身体已到了窗外……我想起护士小姐的话，一把推开房门，大喊道："别！"

被我一声喊，窗台上的人吓得摔倒在地，我跑过去拽住他的手臂："你怎么可以这么自私呢？你知不知道你就这样走了你爸妈该有多伤心……"

"喂——"江离想挣脱我，我怕他再做傻事儿，索性整个人骑在他身上，拼尽全力按住他的肩膀，制止他再次……跳窗寻死！

后来江离说起这一幕，总是忍不住笑话我说："盛西曼你到底是不是女生呀，哪个女生有你这种蛮力的？而且！还骑在男生身上啊……”

这场闹剧最后以路过的护士将我拉开告终。

江离脸色很臭地瞪着我，他直勾勾地盯着我看，眼神怪异又复杂，我被他盯得心里发毛，不自然地摸了摸脸颊，说：“干吗？”

他没有理会我，走近一步，做了一个非常欠扁的举动——他竟然使劲地掐了两把我的脸颊！左边一下，右边再一下，相当之对称！

在我痛呼声中，他接着说了一句更加欠扁的话，他说：“我没做梦，是活的！”

我……我简直出离愤怒！可他接下来再次做了一个令我跌破眼镜的举动——欢天喜地兴奋异常地给了我一个熊抱，然后叽叽喳喳地开始念叨起来。

“珍妮，我就知道你一定没有事。”

“珍妮，见到你真好。”

“珍妮……”

江离像个絮絮叨叨的老太太一般，每一句话都带着“珍妮”这个名字。

此刻他是混乱的，可我却无比清醒，虽然有点不忍心我还是推开了他，“你认错人了，我不是珍妮，我叫盛西曼。”

他欣喜的笑容凝固在嘴边，俊秀的眉毛深蹙：“怎么可能，你分明就是珍妮！”

我望着他，我想我知道他此刻心里所想，就好像我会错把他当作夏至一般，或许我与他口中的珍妮，也有着某种极其相似的特质。

想起曾看过的一部叫作《两生花》的电影，分别生活在法国与波兰的两个名叫薇罗尼卡的少女，她们有着同样的面貌与年龄，都热爱音乐，天生有一副甜美嗓音。波兰的薇罗尼卡总觉得自己不是独自一人生活在这个世界上，她相信一定有一个跟她一模一样的女孩的存在。后来波兰的薇罗尼卡在一次歌唱表演中因心脏病突发暴毙在舞台上。而同一时刻身在法国的薇罗尼卡忽然觉得特别的黯然神伤，此后她的生活中便时常响起一段极其哀怨的曲子……

世界这么大，无奇不有，而或许在我们所不知道的世界另一端，真的存在着另一个与自己无限近似的一个人。

“我真的不是你所认识的那个珍妮，这是我第二次见到你。”我说。

他的表情变幻莫测，怀疑、不可思议、悲伤、沉痛，直至最后慢慢地恢复了清醒。

“对不起，我想我或许真的认错了人。”他抱歉地冲我笑了笑，“可是，你们真的很像。”

我问他：“那个叫珍妮的女孩子……是不是那幅油画《珍妮》中的模特？”

他挑眉：“你怎么知道那幅画？”

“我在美术馆看过你的画展。”我顿了顿，说：“我有很多疑问想要请教你，这也是我今天来找你的目的。我知道这或许很唐突，你现在对忽然出现的我一定也很莫名其妙……总之……”

哎，什么乱七八糟的。我一紧张，说话就毫无逻辑。

他忽然轻笑一声。

我呆了呆，刚刚那个懒洋洋的笑容，令我在恍惚间，以为是看到了……夏至。

江离跑到门口张望了下，而后将病房门锁上，对我说：“不管你打哪儿冒出来，有什么想问的，我们先溜出这烦死人的医院好吗？”他边说，边提起被我冷落在一旁的保温瓶，拧开，一股鸡汤的清香立即冒着热气蹿出来，他深呼吸：“好香呀。给我带的？”

我点了点头。

他又将盖子拧上，像抱着宝贝似的搂在怀里，再次爬上了窗台。而后回头冲呆怔中的我说：“愣着干吗呢，快点呀！”

我简直想挖个地洞钻，真是狗血极了，他哪里是想跳窗呀，他是想逃跑！

不知道江离从哪儿弄到了一根长而粗的绳子，一头固定在三楼窗户外的水管上，一头垂到了一楼的花园里，我站在窗边往下看，用目光丈量了下高度以及绳子的承受力度，心里立即打了退堂鼓，没好气地说：“又没人拦着你，干吗学壁虎漫步？”

江离蹲在窗台上侧了侧身，说：“我家老太太安排在医院的眼线岂止一个！再说了，光明正大地走出医院能有这种刺激感么？”他将怀里的保温瓶塞到我手里，“哦，我忘了没有人监视你，你走出去吧，医院旁的花店门口会合……”说完就顺着绳子“唰”地溜了下去，身手敏捷得哪有半点病患的样子！

他站在了一楼花园冲我得意地比手势，叫我把绳子收回来。我叹口气，心想我这是在做什么啊！将绳子一点点收回，将窗户关闭，走出病房。

06 >>>

在这个城市生活了十多年，我却从来不知道在青河的下游有一个那么美的地方。那是近郊一座废弃的灯塔。斑驳的水泥柱子，旋转楼梯，高高耸立在河边，在午后微醺的秋日阳光下，尽是陈旧破败的沧桑感。

若不是江离，我想我大概永远都不会去到那个地方吧。我抱着保温杯，像个丫头似的跟在他身后，穿越一片荒芜杂乱的草地，一直走到尽头。

他告诉我，这个地方是他有一次外出写生的时候发现的。这里很少有人来，偶然有捕鱼的人在这里撒网。

站在灯塔顶层，可以眺望到城区的青河，以及城市建筑群迷蒙的轮廓。有风徐徐吹来，凉而寂静，鼓起江离的病号服，吹乱了我的头发。

“这个地方很美吧？”他也不顾栏杆上是否脏兮兮的，整个身子软绵绵地全倚在上面，目光望向远处。

“嗯。”

“我没有去里昂之前很多个周末都在这里度过，画画，或者就是吹吹风。你知道吗，有一次我竟然坐在这里睡着了……”江离忽然回头望着我，“盛西曼？你叫西曼对吗？我也不知道为什么忽然跟你讲起这些。嗯，你相信吗，我仿佛很久以前就见过你一般……”

我心里蓦地一紧，问他：“你认识夏至吗？”

“嗯？谁？”他蹙眉。

“夏至。他也是画画的。或许，你认得？”

他沉默了片刻，似乎是在脑海里搜索关于这个名字的信息。可最终，他还是摇了摇头。我燃起的一点点希望，如强风中闪烁的微弱光芒，瞬间熄灭。

“那珍妮那幅画……”我的话未说完，手机铃声响起来，是蔚蓝。

我接起，可那端却久久没有声音，我一连喊了好几声她的名字，依旧没有反应，正当我以为是线路故障想要挂断时，电话里忽然传来一声抽泣，接着，两声，三声……断断续续，依旧没有说话，但我听得出来，那是蔚蓝！

“蔚蓝，怎么啦？发生了什么事？”我急了。

可她依旧不说话，抽泣声变得愈加压抑起来，透过电流在我的耳畔来回撞击。我一边往塔下跑，一边对她说："蔚蓝，乖，你赶紧告诉我你的位置，快点！"到最后我几乎用吼的了。

过了良久，她才断断续续地吐出几个字："你家……楼下……"

"我马上回去！"

我疯跑着，也顾不得身后江离在喊我。此刻脑海里全是蔚蓝压抑且钝重的抽泣声。从小到大，蔚蓝虽然骄纵了点，可她一直都是那种很要强又坚强的女生，我见到她哭的次数屈指可数，究竟发生了什么事，会令她如此失常?

阵阵凉风从我耳边呼啸而过，直灌进胸腔，将我的内心也搅成乱糟糟的一片。

第五章

/

最初的模样

[后来的我们，总是怀念某些人与事最初的模样。因为那是再也回不去的时光，在记忆中闪闪发光，所以最美。]

01 >>>

夜幕渐渐降临，次第亮起的霓虹倒映在出租车的玻璃窗户上，看着入夜便堵塞得厉害的车道，心里的急迫仿佛要冲破喉咙，我多么害怕蔚蓝等不及而离开，如果她出了什么事……我不敢再想下去，跳下车后，用生平最快的速度朝我家楼下跑。

感谢老天，蔚蓝依旧在。

我蹲下身用手圈住蜷在花坛植物丛旁瑟瑟发抖的蔚蓝，她反手勾住我的臂膀，细细的呜咽声转为号啕大哭，仿佛要将所有的委屈都发泄出来似的。

我拍着她的肩膀，轻声说："别怕，有我在呢。"

此刻我心里充满疑惑，却不敢开口询问，只任由她的眼泪大颗大颗砸在我的身上，打在心上。

直至双腿蹲到麻木，蔚蓝才缓缓抬起头，抹了一把眼泪，大概是蹲得太累了，她一屁股坐在身后的花坛台阶上，她分明是望着我，却感觉她的眼神穿透我身体，直望向另一个遥远的空间。在小区半明半暗的路灯下，她缓缓开口，声音轻柔到虚妄，原本以为她要说致使她如此失常的缘由，吐出来的字句却全然不相干。

"西曼，我还记得十岁那年的生日，又恰巧是六一儿童节，爸爸妈妈特意请了假带我去游乐场，那个时候爸爸还只是医院里的一个普通医生，妈妈也没有做全职主妇，家里条件不太好，一家三口挤在爸爸单位分的一居室里……西曼你知道的呀，那个顶楼房子一到夏天便热得发狂，还记得吗，暑假我经常跑到你家写作业。”

“嗯，记得。”我点点头。妈妈比蔚叔叔早进医院，所以分的房子在三楼，不仅是两居室，方位也好上许多。在蔚家还未搬走之前，每到暑假，蔚蓝就喜欢赖在我的房间。

“十岁生日是我最难忘的一个生日。”蔚蓝接着说，脸上忽然间变得充满柔情，嘴角不自觉地轻轻上扬，仿佛此刻正穿越时光隧道，回到了几年前令她快乐的那个时刻。

“那天游乐场的人特别多，每一个游乐设施售票厅前都排了长长的队，太阳很大，爸爸因为肥胖特别怕热，可他却半句怨言都没有地排很久的队，一边用纸巾擦汗一边回头冲树荫下的我与妈妈挥手笑。好几次妈妈都抢着要去排队，可爸爸却很宠溺地拍着她的脸用很肉麻的语气说，‘我老婆皮肤这么白，晒黑了可怎么办呢！’妈妈忽然间特别不好意思，脸刹那间就红了，一边打掉爸爸的手一边偷偷看四周。我在旁边一边吃冰棒一边转过头偷偷地笑。他们都以为我小不懂事，可是西曼，我真的明白妈妈为什么会脸红。那是我听过的第一句情话，虽然是很普通的一句话，却令我记得这么多年。

“我之所以对十岁生日记忆犹深，除了玩遍了一直想玩的游乐设施外，最重要的就是这个虽短暂却那么温馨的瞬间了。那个时候我就想呀，我妈真是世界上最幸福的女人，爸爸对她真的很好，每个节日都会记得给她买礼物，仿佛热恋中的小情侣一般。我常常会听到有同学抱怨他们的父母动不动就拌嘴吵架，甚至会因此而迁怒到他们身上，每每此时，我就觉得自己特别幸福……”

看着蔚蓝随语言而变化的表情，我心里一惊，一直蜗居在我心底深处的某些画面再次跳出来，像个长着血盆大口的怪物朝我发出阴森的笑。

难道……

果然，蔚蓝停顿片刻之后，话锋一转，先前的柔情遁去，语调里全是浓浓的悲伤和失望，她抱住头，边摇晃边喃喃自语：“为什么？为什么？为什么会这样呢……我不相信……”

在蔚蓝近乎失控的摇头中，我知道自己心中一直不愿意相信的画面，是真的。在心理诊所外看到的那个熟悉身影，真的是……蔚叔叔！

“西曼，你告诉我，你告诉我！这个世间还有什么是值得相信的？”蔚蓝抬头，抓住我的肩膀狠狠地摇，眼神特别恐怖。她不顾我的痛呼，抓我肩膀的手指愈来愈紧，摇晃的力度也逐渐加大，呢喃变成歇斯底里：“你告诉我呀！！！那么爱妈妈那么爱我的人，为什么会拖着别的女人的手！！！西曼，你说呀，你回答我呀……”说到最后，她整个人瘫在我身上，泣不成声。

我抱住浑身颤抖的蔚蓝，眼泪忍不住地往下淌，此时此刻，我不知道该如何安慰她，或许说什么都是多余，都没有用。

她想要求得的答案，我无法给她。这个世界上，有可解的问题，也有无解之题。而人心的变幻，便是无解之题。

02 >>>

蔚蓝妈妈打电话来时，我和蔚蓝正在江边夜宵摊上吃烧烤喝啤酒，确切地说，是蔚蓝一个人抱着酒瓶在猛灌，桌子上的食物一口也没有动。

哭累了之后，她既不肯回自己家，也不愿意去我家，最后拖着我打车来到江边，叫了一箱啤酒，然后指着烧烤摊上的各类海鲜肉类与蔬菜说，全部都要！任我怎么劝说都没用，她抱着啤酒瓶蹲在椅子上一边灌一边大声笑：“西曼，别心疼钱啊，你忘了呀，他现在可是大把大把零花钱给我，每次还怕我花少了呢！哈哈哈！”笑着笑着便猛地被酒呛住。

我拍拍她的背，轻声说：“别这样，不管如何，你爸爸还是很爱你。”

“去他妈狗屁的爱！我发誓，从这一刻开始，我再也不相信！”她索性站起来，酒瓶高高举过头顶，紧咬嘴唇，一脸坚决。

我了解蔚蓝，在某些方面，她比我更固执，不轻易相信，可一旦相信，便会死心塌地。所以，我能明白她心里的绝望，曾有多么信任，此刻便有多么崩溃。而人与人之间的信任，一旦失去，想要再度建立，真的很困难。

她心里对于父亲的信任，在她亲眼目睹他背叛的那一刻，便已丢失，已死去。

当蔚蓝拎起第四瓶啤酒时，她包里的手机响起来，第一遍、第二遍……当铃声孜孜不倦响到第五遍时，我跑去将她一脚踢开好远的包捡回来，拿出手机看了眼，“你妈妈。”

她送酒的动作忽地顿住，望着手机发呆，然后有泪水再度从她眼眶里悄悄滑落，我走过去，轻轻帮她拭去眼泪，说：“我帮你接吧，就说今晚你在我家睡，明天直接去学校。乖，别让阿姨担心。”

她点了点头。

“宝贝呀，你怎么还不回家呢，这么久也不接我电话，怎么跟你爸一个德行呢！你们出去嗨皮，都不带我……”

听着阿姨撒娇般的抱怨，我心里一酸，打断她说：“阿姨，我是西曼呢，蔚蓝在我家，正在洗澡……嗯，是的，她今晚睡我这里……”

挂掉电话，我对蔚蓝说：“这件事无论如何，都要先瞒着你妈妈，知道吗？”

我真的无法想象，一个眼里心里只有老公与女儿的女人，一个以家庭为中心的全职主妇，一个这么多年来活在老公疼爱下，以为自己是全世界最幸福的女人的女人……要怎么接受突如其来的变故呢？对她来说，那等同于灭顶之灾。

蔚蓝点点头：“你不说我也知道，我不会让他伤害妈妈的。”顿了顿，她语调一转，递过来一瓶啤酒，“来，西曼，陪我喝酒……”

“砰”的一声，蔚蓝举在空中的啤酒忽然被横冲直撞而来的一股力气撞翻在地，在蔚蓝的惊呼声中，我看见了一个熟悉的身影，是青稞！她……竟然再次被人追打，正围绕着河堤边的夜宵烧烤摊上的桌椅打转转，椅子被撞翻了无数张，她一边跑一边咒骂，而追在她身后的那个女生，亦是一路骂骂咧咧。

“青稞！”我站起来大声喊她。

她喘着气停下来：“西曼是你呀，姐姐现在有点儿忙，等会儿找你啊……”话未说完，她就被追上来的女生一把揪住头发。女生抬起脚狠狠踢在她的身上，咬牙切齿地骂：“小贱人，我弄死你！”

我正想上前去拉开那个女生，又听见“砰”的一声响，那个女生的额头处有鲜血汩汩地往下淌，她尖叫了声，松开抓住青稞的手，捂住头蹲在地上……

站在她身旁的，是正举着碎裂成半只啤酒瓶的蔚蓝，她微醺的酒意在此刻彻底清醒过来，握住碎瓶的手在微微发抖，一句话也说不出来。

一旁的青稞也被吓住了。

此时，旁边有人聚拢过来，人群中不知谁喊了句，快点送医院啊！

03 >>>

女生的头部缝了八针，医生说，万幸，如果再低一点，碎片刺入眼睛，那后果不堪设想。我们却并没有因此而松口气，因为女生报了警。我，蔚蓝，青稞，被警察从医院直接带到了派出所。

夜渐深，我们却一点睡意都没有，负责接待的警察很不耐烦地教训了我们一通，然后一拍桌子，指着我们三个说：“喊父母来！”

此话一出，我们立即傻了眼！

蔚蓝说：“又不是我们先动手的，明明是她先打我朋友的，我们这是自卫，自卫懂么！”蔚蓝愤愤地指着坐在旁边，因头部缝针而模样显得有点……滑稽的女生，与女生同在的还有她叫来的几个朋友，男女都有，见蔚蓝指着她，男生们呼啦啦一齐起身瞪着我们，扬了扬拳头，恨不得将我们的脑袋也揍出一个窟窿来。

“自卫你个头！”警察俯身敲了敲蔚蓝的头，板起脸毫无商量余地地呵斥道：“快点叫父母来！”

蔚蓝说：“我才不……”

趁警察发飙的前一刻，我赶紧捂住蔚蓝的嘴巴。如果换作以前，她早就咋咋呼呼地打电话给她爸，而如今，她铁定是不会通知他的，而妈妈，她更加不会喊，万一事情闹大，关于她爸爸的事便有可能瞒不住了……可是，我也不想让妈妈知道，她该有多伤心呀，更何况，她今晚值夜班。

我望向一直沉默的青稞，她也正朝我看过来，她看懂了我眼神里的祈求，低了低头，良久才轻声开口，说：“我是孤儿。”

轻轻四个字，却在我心里掀起了阵阵涟漪。青稞竟然是孤儿，无家可归。她在商场偷东西，被人围殴，我一直以为那只是一个青春期女生的叛逆，故意惹事以引起父母的关注。我没想到，隐匿在躁动青春背后的，竟是这样悲凉的事实。

我握了握她的手，然后掏出手机，默默盯着妈妈的名字，却始终鼓不起勇气拨通，手指无意识地往下翻，视线忽然顿住，心下一动，抬头问对面的警察："我们父母都出差去了，可以叫我姐姐来吗？"

警察看着我，似乎是在辨别我话里的真假性，又抬起腕表看了下时间，现在已经很晚了，他说："别胡乱叫个人来忽悠我！"

"才不会！"

我拨苏灿的电话，话筒里却传来浇灭我希望的冰冷提示音——您拨打的用户已关机！

我揉了揉太阳穴，十二点不到，竟然关机了！

"怎样？"警察努努嘴，"你们想今晚在这里睡是吗！"

"那喊我哥哥来！"我赶紧举起手机。

蔚蓝拉了拉我的衣服，低声疑惑地问："你哪来的哥哥姐姐？"

我冲她眨了眨眼，而后翻出另一串号码，谢天谢地，接通了！

"西曼？"那言的声音从那端传来，听过那么多次他的声音，没有哪一次比此刻更让我觉得他声音的动听！

那言只用了十五分钟便赶到了派出所，经过一番交涉，最终蔚蓝赔偿了一笔医药费，虽然不情愿，可为了息事宁人，她不得不向那个女生道了歉，此事才告一段落。

走出派出所，我才发觉那言脚上竟然穿着居家拖鞋，而且……是两只不一样的！他顺着我的视线低头，愣了下，而后笑了，"刚才出门太急了……"

话没讲完，青稞很不厚道地指着他的鞋子笑出声来，我转头瞪她一眼，然后回头对那言说："这么晚把你叫过来，真是不好意思。谢谢你。"

真奇怪，似乎每次碰上什么麻烦事儿，都是那言帮了我。相识不久，却欠了他好几次人情。

“没关系。”他说着，倾身靠近我，在我耳边轻声说：“有事你能想到我，我挺高兴的。”

我一呆，不知该怎么接话时，他已直起身，表情恢复了淡然，眼神转向青稞与蔚蓝，说：“我送你们回家吧。”

直到那言离开，我的心思还在他那句耳语上。我并不是神经大条的女生，一个相识并不久的成熟男人，半夜三更因你一个电话便急匆匆赶来帮你，甚至连鞋子都穿错，他的心思已昭然若揭。

“西曼，那言是不是喜欢你呀？”青稞忽然跳到眼前，朝我猛眨眼，笑嘻嘻地问。

“喂，别瞎说！”我瞪她。

“我哪有瞎说！”她叫起来，傻子都看得出来好吗！她扭头找走在我身后的蔚蓝寻求同盟，说：“难道你不觉得吗？”

“无聊！”蔚蓝没好气地嘀咕一声，原本打算上楼的脚步一转，说：“我去买酒。”

“还要喝啊！”我揉了揉太阳穴，只得跟了过去。

青稞仍不死心地八卦着：“其实吧，我觉得那言挺不错嘛，成熟，英俊，温柔，经济条件似乎也不错，比起学校里那些幼稚小毛头，啧啧，西曼，你还犹豫个屁哦！”

我翻了个白眼，恨不得手上有枚针，将这个聒噪女人的嘴巴缝上！那个时候我不知道青稞是故意想要活跃下那个悲催之夜的气氛，而当她喋喋不休的时候，我脑海里想的却是——苏灿。

并不是我自负，你知道的，女孩子的第六感向来都比较敏锐，尤其是在感情方面。若说前几次与那言相处时种种细微的举动，他看我的眼神，有意无意对我的好，只是我的猜测，而在这个夜晚之后，他的心思变得清晰起来。

如青稞所说，那言真的挺好，只是，他是我当作姐姐一样看待的苏灿深爱的人，只这一点，我与他，便不可能。更何况，我对他的感觉，与喜欢无关。

04 >>>

蔚蓝从小区门口的24小时便利店搬回了整箱啤酒，我试图阻止却被青稞拉住，她说："让她发泄吧，总比闷在心里抑郁着强。"

青稞将沙发上的坐垫与靠垫全部搬去了阳台，然后拧开三瓶啤酒，递给我时说："西曼你少喝点，你可不能醉，否则没人收拾烂摊子！"又转头递给蔚蓝，神情忽然变得特别郑重，举起酒瓶与蔚蓝碰一下，很江湖地说："我青稞呢，向来就不太会说话，总之呀，朋友，今天谢谢了！以后有什么事儿，打个电话，姐姐马上到！"仰头，汩汩地一瓶啤酒从头灌到底。

蔚蓝嘴巴动了动，最终什么也没说，也仰头汩汩地往喉咙里倒酒。

我想起在超市帮青稞解围那一次蔚蓝的表情，后来她为这事还特意将我数落了整整半个小时，说什么交朋友要慎重，别傻乎乎地对什么人都一副好心肠等等。我知道，她不喜欢青稞，而她举起酒瓶砸欺负青稞的那个女生，也只是她心情不好所致的一时冲动，一种发泄方式，与青稞无关。青稞却心生感动，误以为蔚蓝是因为她。所以青稞给蔚蓝敬酒说那番话时，我其实有点担心蔚蓝会说她自作多情，万幸，她什么也没说。

或许是借着酒劲，或许是因为某种同病相怜，蔚蓝与青稞喝得很欢快，青稞大声说着笑话，逗得蔚蓝哈哈大笑。我坐在一旁看她们，心里很难过，我宁肯她们咒骂、哭泣，也不想看到她们强颜欢笑。

“喂，青稞姐姐，你说你这人怎么麻烦不断呢，不是被人抓包就是被人追杀！”蔚蓝喝高了，摇头晃脑地抓住青稞的肩膀问。

我想制止蔚蓝已经来不及了，虽然我心里也对此有很多疑问，可毕竟是一件挺尴尬的事儿，如果青稞不主动说，我也不好问。做朋友，讲究的是缘分与感觉，可以掏心掏肺两肋插刀，但并不需要用秘密来交换彼此的信任。每个人都有自己的一个小小私密世界，那个世界里有难以启齿的秘密，有伤痛，有不想与任何人分享的某些东西。

青稞愣了下，然后很无谓地笑了笑，“因为，我抢了她的男朋友。”她顿了顿，喝口酒，淡然地说：“不要鄙视我，因为从我懂事开始，我想要的一切，都只能不顾一切去争抢。这些年来，我学会的，深入我骨髓血液的，甩不掉忘不了的，就是这个手段，也只有这个手段。”

在这个普通如同任何其他日子却又记忆深刻的漫长一天，在这寒凉的夜，在青稞似有若无故作云淡风轻的声音里，我听到了一段令我心疼令我难过的往事，走进一个从未接触也无法想象的世界。

青稞从来没有见过她的父母，茫茫人海她甚至不知道是谁生下她又将她狠心抛弃。自她有记忆开始，便是夹杂在一堆与她相同遭遇的孩子里面，那幢院子有着令人心酸的名字——孤儿院。

“你们一定无法想象，那里的环境有多么糟糕，屋子低矮而潮湿，夏天闷热，又经常缺水，一盆水要供十个孩子洗脸，从那个时候开始，我们就学会了争抢。抢着第一个洗脸，因为越到后面水越浑浊，水面上浮出一层层黑乎乎油腻腻的东西。”青稞顿了顿，抬眼看着我与蔚蓝，“我从来就没有洗干净过脸，那个时候最大的心愿是，某天醒来，可以不用去与人争抢与人挤对，一个人占用一盆干净的水，痛痛快快地洗个脸。”

“而到冬天呢，我们抢靠近火炉的位置，每个人都恨不得手臂再长一点，那么便可以将长满冻疮爆裂开的手指放在温暖的火炉上烤一烤。”

青稞曾经有过被人领养的机会，可惜最后却被另一个小女孩耍了个小心眼，抢走了。她七岁那年冬天，有一对无法生育的夫妻来孤儿院想领养一个女孩，在一群符合年龄要求的女孩子里面，那对夫妻相中了她，却在她欢天喜地地跑去宿舍收拾好东西再出来时，那对夫妇却转眼看她的目光里充满了嫌弃，最终带走了另一个女孩儿。后来她才知道，她之所以再次被抛弃，是因为被带走的那个女孩对那对夫妇说，她手脚不干净，还说她肺部不好，每天晚上老咳嗽，都咳出了血。

“才七岁的女孩儿，为了抓住机会，不惜撒谎陷害朝夕相处的同伴。西曼，现在你明白了吗，这就是我的世界，充满了抛弃，背叛，抢夺，寒冷，厌恶与嫌弃。”青稞起身，靠在阳台栏杆上，说：“所以啊，当我遇见喜欢的男生时，哪怕他属于别的女生，我也不惜想方设法抢过来。这就是我生活的世界教会我的东西。”她转身，微微仰头望向天空，声音里沾染了夜的凉气，湿漉漉的，说话间仿佛带了哽咽，或许，她是真的哭了。

我想起在百货公司门口遇见的与她在一起的那个男生，想必就是她爱的人吧。我走过去，从身后轻轻地拥抱了她，良久良久。我不知道该说些什么，我不敢开口，生怕说出来的话全部沾染上同情的成分，此刻，或许一个拥抱好过千言万语。我希望她懂，我传达的不是同情，也不是怜悯，而是心疼。

蔚蓝忽然从地上爬起来，重新打开三瓶酒，递给我与青稞，然后与我们重重地碰瓶，大声说：“为坚强的青稞，为已过去的那些黑暗时光，为你喜欢的抢过来的那个男生，为今天被我砸得头破血流缝八针的你的情敌过去式，为……为蔚蓝，为盛西曼，为这个狗血悲催的破夜晚，我们干杯！”

“干杯！”青稞也跟着大声起哄，仰起头汩汩地不要命地灌。整个空气中，都弥漫着啤酒浓浓的苦涩的气息。看着蔚蓝与青稞勾肩搭背地笑啊闹啊，互相敬酒碰瓶，仿佛是相识十年久未见面的老朋友一般，我不禁苦笑起来。

我曾经想过找个机会请蔚蓝与青稞一起吃顿饭，希望蔚蓝消除对青稞的误会，希望我喜欢的朋友，也能互相成为朋友。而现在看来，这顿饭是不必要了。

那个夜晚蔚蓝与青稞一起醉倒在阳台上，酒瓶子滚了一地，我摇着头，去卧室拿了毯子给她们盖上。

深秋的凌晨，凉意中带了些许的冷，我紧了紧衣，倚在栏杆上，今夜无星，只一枚毛月亮隐隐约约地悬挂在头顶，照耀着冷冷清清的苍凉人间。是的，苍凉。看着身后醉倒蜷缩成一团的蔚蓝与青稞，回想起蔚蓝绝望的哭泣声，她的眼泪；回想起青稞喝一口酒，故作云淡风轻地说起自己的身世与过去；想到不辞而别令我遍寻不获那么想念的夏至……我真的觉得，人生就如我讨厌至极的冰冻啤酒苦涩的味道，寒凉透心。

05 >>>

犹豫了很久，最终还是决定给江离发条短信：那天真是抱歉呀，因为朋友出了点事。有机会请你吃饭吧！

想了想，觉得最后这句实在有点儿突兀，通通按了清除键，可下一刻，又一字一句再打上去。在心里对自己说，嗯，这没什么的，只是找个理由见面，问清楚一些疑问而已！如此想着，手指已按了发送键。

短信发出不到三十秒，手机便响起来，清朗的声音从话筒那端传来：“盛西曼，你还真得请我吃饭呢，知道你把我害得多惨吗，那天我身上可是半毛钱都没有，走了整整一个小时才走回市区呢！”

话筒里传来一阵咳嗽声：“原本早就可以出院了的，结果走太远，劳累过度，而且饥寒交迫，又被我家老太太关在了医院里！”

我听着分明感觉哪儿不对劲来着，可还是傻乎乎地充满歉意地说：“对不起啊，那你好点儿了没呀？”

“没呀，”他拖长调子，十分委屈地说，“大概得再喝两碗鸡汤才能好吧……”

鸡汤！难怪觉得他话里有点儿不对劲，那天他分明拎着我带的鸡汤，饥寒交迫个鬼哦！而且，我们去郊区灯塔时，公交费还是他给的呢，怎么可能身无分文！这个骗子！

“喂！”我气呼呼地从座位上站起来，声音有点大，惹得原本闹哄哄的教室里忽然安静了下来，众同学齐刷刷地投来好奇的眼神，我尴尬地笑笑，然后握着手机跑出了教室。

电话那端传来一阵大笑：“盛西曼，你还真是单细胞动物呀！”

可恶！我懒得理他，直接切断电话。下一秒，屏幕上他的名字再次闪耀起来。我看了一眼，索性走进教室将手机丢进桌肚里，可他还真是固执得可以，一遍又一遍地打。我无奈地接起来，语气不太好：“混蛋，马上到上课时间了，别再打了！”

不容他开口，我再次将电话挂断。

很快，他的短信发过来，长长的一段，他说：你生气了呀？我道歉，真不是故意耍你，我就是这样爱玩闹的性子，熟悉我的朋友都知道。咳，说句矫情的话，西曼，我真的觉得很早之前就见过你一样，像是相识很久的老朋友，所以才会跟你开了个玩笑。惹女士生气可是罪过哦，神会怪罪我的！可以原谅我吗？

看到最后那句，我心中被捉弄的小抑郁忽然一扫而光，心想这家伙是在国外待久了吧，动不动女士先生的呢！

我看着那句“觉得很久之前就见过你一样”，忽然想起蔚蓝曾满脸鄙夷地说过，这句话真是最老土的搭讪开场白，可偏偏呀，女生们都无法抵挡这种带着宿命论的台词，唉！我一直很好奇，蔚蓝从未谈过恋爱，却对这些爱情理论张嘴就来。其实追她的男生也不少，可她一个都不搭理，亚晨算是离她最近的男生了，这很大程度还是因为我与亚晨走得近的关系。

说不上为什么，我一点也不反感江离说的这句话，就如同哪怕他捉弄我，我也无法对他反感。我不得不承认，在我的内心，与他有着相同的感觉，那就是——对他似曾相识。我不知道自己是否试图在他身上寻找夏至的影子，可确实他与夏至有着太多的相似，面对他，总令我不由自主地想起夏至来。

我给他回短信：看在神的面子上，我原谅你。

他很快再回过来，一个大大的笑脸表情，说：神让我代问，你学校的地址？

我“扑哧”笑出声来，这一笑的后果就是讲台上的老师手一扬，眉毛一瞪，手中的粉笔头呈直线砸在我的脑门上。

该死的江离却在这个时候再次发短信过来：神等得很心急！

06 >>>

放学走到校门口时，我着实被靠在门卫室门口冲我坏笑的江离吓了一大跳，我没想到他刚问了地址就找了过来！

此刻校门口人来人往，他往那儿一靠，引得无数跨出校门的女生们回头议论纷纷，不得不承认，哪怕是最普通的休闲打扮，依然难挡他的帅气。他并不是那种五官长得多么漂亮的男生，而是拥有一种气质，或许是因为学画画的关系吧，江离身上有一种，怎么说呢，很恶俗的描述就是，有点儿艺术家的不羁，使他整个人看起来慵懒又随性，而他勾起嘴角坏笑的模样，仿佛有一种抓住人眼球的魔力，令人着迷。而这种气息，对我来说，一点也不陌生。我对这样的男生，丝毫没有抵抗力，所以尽管我不停告诫自己，应该与江离保持距离，他并不是你喜欢的那个人，你不能在他身上寻找感情替代的可能，那样对他并不公平。可是，我拿自己一点办法也没有，脚步仿佛不受我控制般地朝他靠近。

“不是要请我吃饭吗，等待机会不如自己创造机会，嘿嘿，说吧，要请我吃什么好吃的！”见我走近，他一点也不客气地说道。

在学校附近的餐厅落座后，才知道吃饭压根只是一个幌子，他找我，是另有其事。就好比我对自己与《珍妮》那幅画之间有什么关联的疑惑，对他的画法笔触与夏至如出一辙的疑惑一样，他对我与那个叫作珍妮的女孩子宛若双生的长相也是满心的疑惑。他找我，仅仅是为了解开他内心的疑问。

我们其实有着相同的目的。

他一改先前嘻哈的表情，从包里掏出一张照片放在我面前，那是一张海滩边的合照，照片上的男生是他，而站在他旁边笑得一脸明媚的女生，不用他介绍，我也认得出来，是珍妮，仿佛从那幅油画中走下来一般。如果不是那双黑白分明的大眼睛，我一定以为她是外国女孩子，头发是棕黄色，整个身体的皮肤都晒成了健康的小麦色，笑起来牙齿非常白。

我怔怔地看着那张照片，心里的震撼比当初见到那幅油画时有过之而无不及，因为看着照片上的女孩儿，就仿佛在照镜子，仿佛是在看自己的照片。我与她，不是神似，而是真的像双胞胎一样！

我抬眼，不可思议地望着江离。此刻他却是一脸的悲痛，开口的语调也极轻极哀伤。

“她就是珍妮，十八岁，中国出生，法国长大的华侨。她是我见过的最活泼最开朗最明媚的女孩子，仿佛永远不知道烦恼是什么东西，再烦扰的事情到了她那儿，也成了小事一桩。她的口头禅是，没什么大不了！”

江离说这些话的时候，并没有看我，而是望向窗外，神情忽然间变得恍惚起来，整个人都陷入一种叫作回忆的空间。

“遇见她的时候，是我刚到里昂的第一个月，那是两年前，我十八岁，第一次离开家，去那么远的地方。一切都很不习惯，说着生硬的法语，极度厌恶西餐，面对周遭陌生的一切，文化差异、地域差异等都令我无所适从，就连最爱的画画都令我提不上兴致，甚至有自闭的趋向……”

“一次偶然，我认识了珍妮，她是我在里昂的第一个朋友，她的友善、开朗、热情，热爱生活的态度，以及超强的感染力，一点一点地帮助我适应异国他乡的生活……”

“她是你女朋友吗？”我轻声问。

“不是。”江离收回目光，摇摇头，“她是我生命中最重要的朋友。”

“我想见她，可以吗？”我望着江离。不是想见，是非常非常想！直觉告诉我，我与珍妮，一定有着某种关系，或许……她是我从小失散的亲姐妹?

“我也想见她。”江离低头，将脸深深埋进手掌中，肩膀忽然间颤抖起来，隔了好久，才从指缝间哽咽出一句令我耳畔嗡嗡作响的话：“可是，此生我再也没有机会见到她。”

男儿有泪不轻弹，只是未到动情处。

他哭了。

第六章
/
心结

[这世界上，总有那么一个人，是我们挥之不去的心结，也是我们开心或者悲伤的理由。]

01 >>>

江离之所以小小年纪便能在里昂的画界扬名，除了自身才华之外，也离不开珍妮的帮助，如果说江离是千里马，珍妮便扮演着伯乐的角色。

因为从小接受的是西式教育，珍妮比同龄的中国女孩子独立得更早，因为聪慧，她连跳几级在十五岁便升了大学，除了成绩好，她业余爱好也很多，对什么都充满了浓厚的兴趣与求知欲，音乐、戏剧、登山、滑雪、漂流、探险、绘画等，尤其对中国的文化有着狂热的爱好，哪怕父母再反对，每年她都会独自回国一趟。

遇见江离的时候，珍妮利用课余正在一家知名的画廊做经纪人。那是江离刚到里昂第一个月的某个周末，他带着画架去著名的白莱果广场写生，周末的广场总是人潮如织，他好不容易才找到一个稍微宽敞的地方支起画架，由于画得太过专心，连小偷划破了他背上的背包取走钱夹都没有发觉，而那个时候正在广场上闲逛的珍妮很勇猛地奔过来，一把抓住试图逃跑的小偷的手，在争抢钱夹的过程中，那名小偷恼羞成怒，持刀刺伤了珍妮的手臂，然后丢下钱夹落荒而逃，而珍妮却不顾伤口正在淌血，举着钱夹兴奋地怪叫，虽然她说着流利并且语速很快的法语，但江离还是听懂了，她在说：“我赢了！我赢了！”

江离被这个勇猛的女孩子吓得目瞪口呆，他从来没有见过像她一样为了帮助别人连危险都不顾的女生，她也不像一般女孩子那样，手臂上的伤口血流不止，却冷静地用手帕包起来，连眉头都不皱一下，从头到尾没有喊过一句痛。

后来在江离的坚持下，珍妮被送去附近的医院包扎伤口，谈话间才发觉，珍妮的故乡与江离竟然是同一个城市，因着这一点在珍妮看来特别奇妙的缘分，他们很快成为朋友。或者说，更多的是珍妮的热情与主动，令他们之间的关系急速升温。因为那个时候的江离，还沉溺在独自一人身在异乡的怅然与孤寂中，他沉默，独来独往，对陌生环境产生的害怕与下意识的反感令他性情变得孤僻。

可他的孤僻与沉默在天性开朗的珍妮面前，一点也产生不了作用，她热情邀请他去家里做客，邀他一起参加各种社团活动，将他带进自己的朋友圈子里。她的交际很广，朋友们来自五湖四海。不同国籍不同肤色，年纪相仿的男孩女孩们，很容易便打成一片，江离仿佛忽然之间进入了另一个热闹的世界，这与之前他将自己禁锢起来的小小的沉寂世界是那么不同，这个世界明媚芬芳，活色生香，充满了年轻的梦想与激情，每一天每一时刻都在发生着令人惊奇的事情，世界这么大，无奇不有，有那么多奇思妙想博大精深的东西值得人去探索，把时间与心思放在伤春悲秋上实在不划算。而法语其实并没有他原本以为的难听，听得多了，反而觉得是世界上最动听的语言之一。西餐其实也没有那么难吃，牛奶与蔬菜沙拉是多么绿色营养的食物啊。

珍妮给他推开了一扇窗，让他发觉另一片美妙的世界。不知不觉中，江离发觉自己的心境起了翻天覆地的变化。他开始爱上里昂这座文化艺术气息浓厚的古老城市。而更重要的是，珍妮不仅扮演着益友的角色，对绘画有着天生敏锐度的她更是他的良师。她的梦想不是成为一个伟大的画家，而是用自己敏锐的眼光挖掘瑰宝，让那些有才华的画者，为世人所知。

在绘画技巧上珍妮给过江离很多建议，更重要的是，她利用自己的人脉与画廊经纪人的身份，搜罗了各种极为珍贵的绘画资料给他，带他出席各种艺术展览开阔眼界，甚至为他争取到一些小型画展的参展资格。

江离的画艺日渐精湛，而十八岁生日当天的首次个人画展，令他在里昂画界崭露头角。那是珍妮送给他的成年礼，也是她为他做的最后一件事。她不仅帮他打理好一切事宜，她做模特的那幅《珍妮》更是江离赢得业界众人交口称赞的关键画作。

我曾听夏至提过，一幅完美的人像油画，除了需要绘画者具备精湛的美术功底与对所塑造人物的形象有着深刻的洞悉力外，模特的配合与交流也尤为重要。就好比一个天才服装设计师的作品，也需要一个与他的创作灵魂有着极为契合的气质的模特来诠释一般。换句浅显的话来说，便是彼此之间所具备的磁场，以及默契度。

无可否认，珍妮与江离之间的默契与磁场，堪称完美，他的笔下渲染出一个最美丽最传神的她。

珍妮出事时，距江离举办完那场个展只有十天，她随探险俱乐部奔赴另一个城市，去挑战世界上最惊险的大峡谷漂流，不幸遭遇激流，同去的三十名漂流队员，无一生还，至今连尸骨都没有找回。

这真是一个令人悲伤的傍晚。我多么希望坐在我对面的男孩讲述给我的，只是他虚构的一个故事，可在他哀痛的神色中，我知道，这一切，都是真实发生过的事件，在地球的另一端，在并不遥远的空间与时间里，在他的身边。

江离抬眼，很惊讶地望着我说：“西曼，你怎么哭了？”

伸手一摸，才发觉眼泪不知何时悄然滑落下来，跌入了颈窝。我也说不清楚，为什么在听到珍妮的故事时，心里那么难过那么悲伤，胸口的某个地方一下又一下地钝痛，仿佛失去了生命中某种很重要的东西。

“傻丫头。”江离忽然伸手过来，轻轻拭去我脸颊的泪痕。他的语调里带了浓浓的宠溺，手指的动作温柔轻巧，我又闻到那股熟悉的令我迷恋的淡淡松节油气味，而他为我拭去眼泪的手势是那么熟悉……

我心里一个战栗，眼神开始恍惚，对面那张脸忽然之间幻化成梦里出现过无数次的脸，夏至的脸，喉咙里不自觉地便喃喃喊出那两个字：夏至。接着，眼泪以破竹之势大颗大颗地往下落，止也止不住，胸口的钝痛蔓延得愈加厉害，最后索性趴在桌子上狠狠抽泣起来。

我想我一定把江离吓坏了，他绕过桌子，蹲在我身边，急切地摇晃我的肩膀，不停问我“怎么了”，过了一会儿，又慌忙地解释说：“是不是我刚才的举动令你不开心了？对不起，我真的没有其他意思。”

我想说与他无关，可怎么都无法停止突如其来的难过眼泪，抽泣令喉咙压抑得紧，无法说出一句完整的话。

江离也不再多问，只是始终蹲在身旁拍我的背帮我顺气，足足过了十五分钟，我才终于平静下来。他找餐厅服务员要了一盆热水，又跑出去买了一条毛巾，一边帮我擦被眼泪鼻涕弄花的脸，一边忍不住打趣说：“可不能让你妈看见你哭肿了的眼睛呀，否则还不得找我算账！”

我望着他，心想，他究竟是个怎样的人呢？前一刻满脸哀痛悲伤，下一刻却可以云淡风轻地开着玩笑。

“好啦，也别难为情，我们扯平啦！”他放下毛巾，冲我眨眨眼。

我愣了下，才意会他的意思是我们在彼此面前都很没形象地哭了一次鼻子，扯平了。

“走吧，我送你回家。本来找你是想请你帮个忙的，”江离摊摊手，“现在看来，只能下次咯！”

“什么事啊？说吧，我情绪稳定了。”

“确定没事了？”他挑了挑眉。

“嗯。”我点头。

江离所说的帮忙，是希望我去见一个人，是珍妮的母亲，她在半年前从法国回到这个城市，现在住在一家疗养院里。

自从珍妮出事后，她母亲的精神受到了极大的刺激，整个人都崩溃了。得知那个消息之后，她将自己关在房间里整整一个星期，不吃也不喝，不哭也不闹，就那么傻傻呆呆地躺在床上望着天花板，喃喃自语着一些没人能听懂的话，珍妮的父亲拿她一点办法也没有。最后，她整个人陷入昏迷之中，送去医院好不容易才挽回生命。可是，自她醒过来之后，再也不肯开口说一句话，更严重的是，她先后两次试图自杀。

“珍妮的爸爸听从医生的建议帮她换一个环境，阿姨自己想要回到故乡，在这个城市她已没什么亲人，只有一个认识很多年的姐妹，她也不愿意麻烦人家，主动要求住进疗养院，那里远离城市，比较安静。”

“后来我听叔叔说，阿姨之所以一下子变成这样，是因为她无法承受先后失去两个女儿的打击。”

“珍妮还有姐妹？”我问。

“嗯，据说在刚出生的时候就夭折了，我从来没有听珍妮提起过，估计连她也不知道这件事吧。叔叔说当年正因为这件事，阿姨伤心过度，才最终下定决心离开这个城市，跟着他因工作调动而移民里昂的。”

江离望着我，充满歉意地说：“西曼，我知道我的请求很唐突，也会令你为难。可是，我真的希望能够帮珍妮做点事，她很爱她的妈妈，阿姨对我也一直照顾有加，我希望她能够从这场巨大的悲伤中走出来，尽快康复。所以，哪怕只有一丁点希望，我都不想放过。”

我明白他的意思，他希望我冒充珍妮去见她的母亲。

我叹口气，说：“可是你想过没有，纵使我们长得再像，我也不是珍妮，哪个母亲会认不出自己的孩子呢？”如果能够帮她，我当然愿意，我担心的是，我的出现不仅无法帮助她，反而会令她失控。

“西曼，不瞒你说，阿姨的精神有点失常，时好时坏的。上次我去看她，她抓住看护的手不停叫珍妮……”江离偏了偏头，不忍再说下去。

“我跟你去看她。”我轻轻说。

“真的？”

“嗯。”我点头。

“谢谢你，善良的好女孩。”江离伸手，像对待小孩子般揉了揉我的头发。

后来我常常在想，我对江离的好感，便是从这一刻开始的吧，他的细心、孩子气、小风趣、善良、感性，对朋友的一片赤诚，都令我动容。我所喜欢所欣赏的那个他，只是他自己，身上并没有夏至的影子。

02 >>>

我们将去看望珍妮母亲的时间约在了周末下午，江离原本希望是第二天就去，我白他一眼说：“你别忘了我得上课！哪像你，闲人一枚！”

他说过正在休假中。

我不太明白法国那边的学校假期是怎么安排的，便问：“你们休寒假？”心想也太早了点吧。

“病假。”他淡淡地说。

“病假？”他整个人精神抖擞的，怎么都看不出丁点儿生病的影子嘛。心思一转，忽然想起初次见到他的那个夜晚，他晕倒的情景。“你哪儿不舒服？”

江离半开玩笑半是认真地说：“我是早产儿嘛，身体虚弱。从小营养不良，长大后弱不禁风，得休养生息着！这搁古代，大概就成了一羸弱书生了。”说着自己先笑起来了。

我偏头翻了个白眼，鬼才信你胡扯呢！虽然相处时间短，可我不仅迅速习惯了他半真半假的玩笑话，反而还有点儿欣赏他的小幽默与自嘲。与这样的男孩子相处，你不会觉得枯燥与无趣。

周末下午，江离坚持到我家接我一起过去，我说不用那么麻烦的，你告诉我具体地址，我们在疗养院见面就可以了。他说那怎么行呀，那地方挺远的也有点儿偏僻，不好找，坐公交车得多累呀，我找了个免费的专用司机哦！

我没想到那个免费的司机竟然是那言，他见到我的时候也愣住了，只有江离不明就里地在那边为我们介绍，看得出来他与那言的关系很不错，一点都没有长辈与晚辈之间那份距离感，他勾着那言的脖子笑嘻嘻地说：“西曼，你看我们是不是特像两兄弟呢？我们家基因很优质吧！”

那言没好气地甩掉他的手，带着宠溺的笑敲他的头：“没大没小！”

我被他们两个孩子气的举动逗笑，心里有点羡慕这样亲密的家人关系。

“好巧，又见面了。”我笑着对那言说。

“是呀，真巧。”那言也笑。

“喂喂喂，你们认得？”江离睁大眼睛看看我，又看看那言，然后勾住那言的脖子大声嚷嚷：“招，怎么认识的？”

“说来话长，”那言挣脱他，转身朝车旁走，“时间不早了，赶紧出发吧。”

江离简直是个好奇宝宝，一路上都在固执地想要对我与那言是怎么认识的这个问题寻根究底，并不是他婆婆妈妈，而是这个在我心中无关紧要的问题在他看来，真的很奇妙。

他说："盛西曼你想想呀，世界这么大，你竟然在不同的时间不同的地点，先后遇见我与小舅舅，这还不够神奇嘛！"

我揉揉太阳穴，真想剖开他脑袋，看看里面都装了些什么奇奇怪怪的想法，明明很简单的问题，非要搞得那么神神叨叨的。抬眼看前座的那言，他倒好，气定神闲地开着车。

追溯起来，我之所以能够结识那言，正是因为江离，以及他的画展。所以说，在我们看来很奇妙的相遇，其实追根究底都是有缘由的。这大概就是所谓的，因果循环吧。

半小时后，终于抵达目的地。我赶紧跳下车，逃离"好奇宝宝"。

珍妮母亲所待的疗养院是本市最大的一家，环境一等一，四周被青山绿水环绕，清河从门口蜿蜒流过，静谧安宁，而比之市区，这里的空气好了许多许多倍。

那言留在车上等我们，我跟在江离的身后一路走到最里面的住院部，这幢是疗养院里条件最好的单独病房，上三楼，停在走廊尽头的一间病房外。

江离敲了很久门，可房间里半点反应都没有，我说："是不是不在房间？"

江离没回答我，只是对着里面轻声喊："阿姨，我是江离，我进来啦。"

推开房门，房间里有点暗，厚重的窗帘垂下来，遮挡住所有的光源。昏暗光线里，我看到临窗的椅子上坐着一个安静的背影，一动不动，仿若一尊雕像的剪影，悄无声息得让整个房间像一座空城。

我的心里忽然升起一股莫名的心疼，还有其他道不清说不明的情绪，抬眼看江离，他也正望着我，意思是说，别担心，你可以的。

江离走进房间，蹲在椅子旁，说：“今天感觉好点了吗？有没有按时吃饭，睡得还好吗？”

可对方依旧一动不动，看也不看他一眼。

他又说：“今天阳光挺好的，我帮你把窗帘拉开好吗？你不说话那我当默认了哦！”

厚重的窗帘被拉开，秋日午后温暖的阳光铺天盖地透过落地窗洒进来，站在她身侧的我终于看清楚她的脸，刹那间，心里忍不住一个战栗，那张脸苍白得毫无生气，眼窝深陷，颧骨突起，眼皮耷拉着，空洞洞的眼神，嘴唇也是苍白得没有一点血色。

“阿姨，”江离握住她的手轻声说，“我帮你把珍妮带来了……”

他话未讲完，椅子上的人猛然抬头，抓住江离的手，激动地四处张望：“珍妮，我的珍妮在哪儿……”她甩开江离的手，起身奔到我面前，看了我很久，然后将我搂在怀里，双手那么紧，气力那么大，勒得我差点喘不过气来。

“珍妮，珍妮，妈妈好想你呀！你跑到哪儿去了？”她哭了，眼泪滚烫地落在我肩上，那么炽热。

我不知所措张开的手臂，在这一刻不知不觉地缓缓收拢，反抱着她的身体，轻轻拍她抽泣的身体，嘴角喃喃吐出两个令自己都惊诧不已的词来：“妈妈。”

是她紧紧的拥抱，是她那一句“妈妈好想你”，是她不能自已的哭泣声，令我在刹那间恍惚以为我就是珍妮，是她的女儿。她的眼泪与怀抱令我颤抖，眼泪忍不住簌簌往下落。

“好孩子，回来就好，回来就好。”她放开我，轻轻帮我擦拭止也止不住的眼泪，很神奇的，转瞬之间，她的脸色已沾染了些许的红晕，虽然还是苍白，可整个脸庞都有了神采，空洞的眼神有了明亮的湿润，沾了活力。她已从纸片人变回了活人。

我扯出笑容，伸手也帮她擦拭眼泪，我已晃过神来，很清楚站在面前的并不是我的母亲，可又有什么关系呢，想到妈妈，看着她我心里便不自禁地柔软起来。可怜天下父母心。

“那么为了珍妮，你要快点好起来，知道吗？”我将她扶到椅子上坐下，在她身旁蹲下，轻轻说。

“好，好，”她忙不迭点头，“不要担心妈妈，我没事，就是来这里散散心，很快回家，啊。”她拉着我的手，一刻都不肯放开。

我始终保持蹲着的姿势，听她絮絮叨叨了很久，直至她讲得累了，阳光渐渐淡下去，暮色笼罩整个房间，她缓缓闭上眼，将头搁在安乐椅上，抓住我的手呢喃：“宝贝，妈妈有点儿累了，要先睡一会儿，你不要走开，在这里陪我好吗……”

江离叫来两个看护，她们轻巧地将阿姨抱上床，盖好被子，然后示意我们出门。

离开疗养院的时候，负责照顾阿姨的看护很感激地握着我与江离的手说：“谢谢你们，这么久来我第一次看到她不需要药物也睡得那么安稳，眉头都舒展了许多。”送我们出去的时候她看着我说：“盛小姐，如果方便，你可以常来看看她吗？”

我点了点头。

回城的路上，我们谁都没有开口讲话，我与江离一样，心情沉重，而那言也没有多问，只是沉默而专注地开着车。

夜幕降临，近郊公路路灯昏暗，我望着窗外一闪而过模糊的夜色，心里抑郁而潮湿，头有点晕乎乎的，兴许是蹲得太久的缘故吧，闭上眼，揉了揉太阳穴，往座位靠背上一点一点滑下去。

车内很静，只有车轮摩擦公路地面的呼啸声擦着我的耳鼓，迷糊中，感觉有一双手小心而轻柔地将我的身体放平，头部忽然枕在一个舒服而柔软的地方，下意识地，我蜷了蜷身体，找了一个最舒服的位置，然后安心地沉睡过去。

不知过了多久，感觉到有人在轻拍我的脸颊，“西曼，醒一醒。”声音温柔。

我努力睁开沉重的眼皮，恍惚了好一阵，发觉自己依旧在那言的车上，只是已熄了引擎，车内昏暗，只有车窗外路灯隐约照射进来。而我，正躺在江离的腿上，身上盖了一件车用小毛毯。

“到了吗？”我有点不好意思地坐直身子，看到江离伸了伸腿，估计是有点麻木了。

“到了很久了。”那言从驾驶座上稍稍偏头，笑说。

我看了下时间，天哪，竟然晚上九点了！记得我们从疗养院出发时才六点，我睡了整整三个小时？偏头望窗外，此刻车正停在我家附近的停车场。

“呃，怎么不叫醒我呀。”

“你睡得像只小猪，可沉了，怎么叫啊！”江离打趣道。

那言在一旁笑。

我瞪他一眼，想反驳，可转念一想，他们连晚饭都被我耽搁了，便说：“饿了没，这附近有家砂锅粉可好吃了，我请你们！”

“赶紧带路，都饿得没讲话的力气了。”江离嘟囔着，拉开车门。

吃饱喝足，已经很晚了，那言与江离执意将我送到小区门口，进小区走了好远，江离忽然在身后大声喊我的名字：“西曼。”

转身，门口路灯下只他一人的身影，我以为他有什么事儿，等了许久，他才又吐出三个字，不知道是否隔太远，或者是夜凉的缘故，他声音里沾了湿气，湿漉漉的哽咽。

他双手握在嘴边，大声说："谢谢你。"

"傻子。"

我转身，嘴角忍不住勾起一抹笑来。

03 >>>

我最喜欢的不是周末，不是寒暑假，而是妈妈休假在家的日子。原本她每个月可以休四天，可她是个闲不住的人，又特别好说话，但凡有同事以这样那样的理由找她代班，她总是来者不拒，所以休息的时间更加少得可怜。面对我的抱怨与劝她多休息别累坏身体的话语时，她总笑着说，趁现在身子骨与精神都还行，多做点事儿吧，老了想动都没法咯！我拿她一点办法都没有。

我对蔚蓝抱怨说，我妈简直就一工作狂！蔚蓝却一语中的说了句令我无法反驳也特别难过的话，她说，你爸爸去世得早，她为了你，这么多年都是一个人熬过来的。她也会寂寞呀，她的世界里除了你，便只剩下工作了。

我曾毫无顾忌地问过妈妈，我说在你的周围，就没有一个特别优秀令你看得上的叔叔吗？同事啊，朋友啊，或者同事的朋友，朋友的同事呢？再不行，可以找那种相亲节目呀！

结果被妈妈狠狠地敲脑袋，她半认真半开玩笑地骂我，你这死丫头在胡扯什么呢！然后不管我怎么旁敲侧击，都懒得理我。

其实我知道，她深爱爸爸，从前或者现在，不管过去多久，那份爱始终都在。他丢下她离开之后，她靠着他们之间曾有过的美好记忆存活。很多个夜晚，我从她房间经过，看见她捧着爸爸的照片走神，沉思。她甚少跟我提及爸爸的事，因为那是她内心深处不想碰触的一道伤，可每次说起他，她的神情总是特别特别温柔。

妈妈休假在家的日子，是我最幸福的时候，哪怕是休假，她也闲不住，很早就起来，给我做好早餐，榨新鲜可口的豆浆、炸油条、煎鸡蛋，给我挤牙膏，刷当天要穿的球鞋，甚至会帮我把乱糟糟的书包都整理好。

放学回家，不再是我一个人面对着空荡荡的屋子，吃速冻饺子或者冰箱里头天的剩菜，总有热气腾腾可口的饭菜摆在桌子上。

我有个小小的心愿，希望妈妈休假那天正好是星期天，我就可以拉着她陪我去逛街！一直很羡慕蔚蓝可以与她妈妈手挽着手像姐妹一般在商场溜达，一起选购内衣、袜子，甚至一枚小小的发夹。

可因为她工作排班的关系，这样看似简单微小的心愿，这些年来却始终都没有机会实现。所以当周六的晚上妈妈蹲在浴室一边洗衣服一边对我说“明天我休假呢，正好你也不上课，我们出去吃饭逛街给你买新衣服吧”时，我从沙发上跳起来，跑到浴室门口连连问：“真的真的真的？”

“瞧你这丫头。”妈妈抬头笑。

“全世界我最爱你啦！”我蹲下身，兴奋地抱了抱她。

退出浴室时，我忽然想起什么，又转身，蹲在门口玩笑般地问她：“妈妈，我是不是有个姐姐或者妹妹什么的呀，从小就失散了的？”

“你说什么？！”没想到我闲闲一句话，会令妈妈忽然有那么大的反应，她揉搓衣服的手轻轻一抖，望着我的表情惊诧莫名，还有点……慌乱。

“妈妈，你没事吧？”

“没事，”她放下衣服，摆摆手，直视着我，“你刚才那话什么意思？”

我心里开始迟疑，到底要不要把珍妮的事告诉妈妈呢？

“就是我看到一个女生的照片，她竟然与我长得一模一样！你说是不是很神奇？”最后我还是说了。

“你说……什么……”她的脸色在瞬间变得苍白，急切地抓住我的手问：“你在哪里看到那张照片的？你见过这个女生吗？她姓什么？”

“好痛！”我被妈妈的激动吓住了，她抓我手臂的力道越来越重，指甲直掐进我的肉里，痛意袭来令我忍不住起身试图挣脱她，可没有用，她整个人仿佛魔障了似的，完全听不到我的痛呼声，也跟着我起身，依旧狠狠紧抓我的手臂。

“妈妈，你先放开我好吗？”我痛得紧蹙眉头，“我并没有见过这个女生，也不知道她姓什么，她从小就移民法国，英文名叫珍妮，她是我朋友的朋友。哦，对了，前几天我倒是见过这个女生的妈妈……喂，妈妈，妈妈，你怎么了？妈妈，你醒醒呀！”

似乎是刹那间的事，我只感觉她忽然放开了抓我的手，后退的时候脚步一滑，紧接着“咚”一声，她摔在地上，不省人事。

04 >>>

那大概是我有史以来最难熬的一个夜晚，我坐在急救室外走廊的椅子上，眼睛一眨不眨地盯着急救室门口上方的指示灯，在时间一分一秒的流逝中，我痛恨了自己几百几千遍，如果不是我忽然提起珍妮，妈妈也不会……

有相熟的医生阿姨走到我身边坐下，递给我一杯热开水，说：“西曼，不要太担心，妈妈没事的。不早了，你去我办公室睡一会儿吧，妈妈出来了我叫你好吗？”

我摇头。此时此刻，我怎么睡得着呢！

阿姨叹口气，拍了拍我的肩膀，离开了。

当急救室的门再次打开时，已是两个小时之后，推床上的妈妈鼻子上接了氧气瓶，依旧沉睡不醒，我跑过去，握住她的手趴在她身上，眼泪再也忍不住地往下掉。

“西曼，别担心，你妈妈暂时脱离了危险。乖，起来，让我们送她去病房，她需要好好休息。”治疗妈妈的也是相熟的医生叔叔，他将我拉起来，护士将妈妈推进了一间单独病房。

我坐在病床边，握着妈妈的手，一夜无眠。

妈妈是在第二天早上醒过来的，她恍惚地望着我问：“这是在哪儿呀，我怎么啦？”

“你还说呢，劳累过度都晕倒进医院了吧！”病房门口忽然响起一个熟悉的声音，回头，是好久不见的纪睿。

“纪睿，你来了。”我起身。

“你这孩子，怎么这么没大没小呢，”妈妈嗔我一句，又问纪睿，“你怎么来了？”继而转向我说：“西曼，是不是你打电话给纪叔叔的？”

“别怪西曼了，”纪睿放下鲜花与果篮，在床边坐下，“医院里可是有我的眼线哦！”他回头冲我眨了眨眼。

妈妈的同事中有她的大学校友，估计也与纪睿相熟吧。

这时，昨天帮妈妈急救的医生叔叔走进病房，详细问了妈妈的状况，然后将我叫了出去。

在他的办公室里坐了好一会儿，他才一脸凝重地开口：“西曼，我知道你从小就是个懂事早熟的女孩儿，所以，这件事我决定不隐瞒你，你做好心理准备……”他顿了顿，轻声说：“昨晚帮你妈妈做了一个全面的身体检查，结果查出……查出乳腺癌，中期了。”他的声音低下去，到最后仿佛呓语。

“你说什么……”我只觉耳畔嗡嗡作响，脑袋被重锤击中般，昏眩成一片空白。

我踉跄着从他办公室里出来，需要扶着墙壁才能移动步伐，一阵阵凉意从脚底蹿入头顶，手指轻轻颤抖起来，耳畔一切声音遁去，从我身边穿梭而过的人影也变得那么模糊。下楼梯的时候，我再也没有力气走下去，一屁股瘫在楼梯转角处的墙角，将头深深埋进膝盖，恐惧的情绪此刻才一点一点吞噬我的心，想哭，却怎么都流不出一滴眼泪，喉咙里仿佛被什么钝重抑郁的东西堵塞住，胸口也是。

“趁现在身子骨与精神都还行，多做点事儿吧，老了想动都没法咯！”妈妈曾说过的话在我脑海里来回撞击。是呀，如她所说，她的身体向来还不错，连感冒都很少患，让我怎么相信那么严重的病魔降临在她身上。

“虽然还没到晚期，可你妈妈体内的癌细胞已经有扩散的趋势，切除乳房的方式已经不可行了，只能依靠药物治疗来控制，只是这个过程会很艰难也很痛苦，西曼，你要好好陪着妈妈。”医生叔叔的话再次回响在我耳畔。

“喂，喂，小姑娘，你没事吧？”另一个陌生的声音撞入我耳膜，我分辨不清这是谁的，缓缓抬头，才发觉身旁蹲了一个陌生的阿姨，她正拍着我的肩膀，见我抬头，她指了指我口袋，说：“手机响了很久了。”

掏出手机，是江离。我怔怔看着他的名字一会儿，才恍惚地接起：“喂。”

“西曼，告诉你一个好消息，阿姨的状况有了极大的好转，不仅能够认人，还给我打电话了！对了，她想见你，你在哪儿，我去找你。”电话那端的声音很是兴奋。

“哪个阿姨啊？”我的状态依旧恍恍惚惚的，声音极轻，此时此刻，我实在没有力气附和他的兴奋。

“珍妮的妈妈呀！”那端顿了顿，提高声音说：“西曼，你怎么啦？声音怪怪的。”

“哦。”

“西曼，发生什么事了？你在哪儿？”他急切问我，“乖，告诉我你的具体位置！”

“我在，”我抬眼打量，说：“我在楼梯间。”

“笨蛋，具体点！”

“哦，中心医院……我妈妈的医院。”我讷讷地说。

“等我，我就来。”

电话被切断，我呆呆地握着手机，听着里面嘟嘟嘟的忙音，恍惚得宛如从遥远地方传来的恐怖之音。

“妈妈……”我抱紧身体，喃喃。

我要很努力很努力，才能逼迫自己不去想这个病将带来的最糟糕的结果。一想到妈妈有可能再也无法陪在我身边，心里便悲伤得难以自已。

如果真有神的存在，我祈求，请你不要带走妈妈，我愿意以十年的生命来交换她的健康，我愿意代她承受那灾难性的痛苦。

我愿意。

第七章
/
眼泪的重量

[难过的时候哭泣，悲伤的时候哭泣，受了委屈的时候哭泣，开心的时候喜极而泣，眼泪在生活中如同笑容一样，占据着重要的分量，可眼泪永远都无法帮我们承受现实的重量与悲伤。]

01 >>>

江离找到我时，我依旧坐在楼梯间的角落里抱着膝盖发呆，他抓住我肩膀令我抬头看他，着急地问：“怎么了?

他逆着光，整张脸隐匿在半明半暗的阴影下，额头上冒出细细密密的小汗珠，他离我那样近，眉头深蹙，神色充满担忧，一遍一遍问：“怎么了？是不是有人欺负你？”

我望着他，四目相对，眼泪忽然扑簌扑簌地往下掉，急迫如洪水泛滥。心中的害怕、担忧、恐惧、悲伤、心痛，统统融入了滚热的泪水中，连同胸口那堵抑郁的气息，一同让它们跌落、发泄。

“别怕，有我在呢。”江离将我揽进他怀里，“想哭就尽情哭吧，把心中的积郁统统哭出来，发泄完就好了。”

我也多么希望，痛哭一场后，所有的一切都好起来，病魔没有找上妈妈，夏至没有失踪，蔚蓝没有亲眼目睹她爸爸的背叛，青稞有一个幸福美满的家庭，苏灿能够得到她所爱之人的爱……

可是，眼泪永远都无法帮我们承受现实的重量与悲伤。

“我妈妈病了，很严重的病。”我抬起头，轻轻说。

江离愣了愣，没有多问，他看着我说：“西曼，你知道吗，我也曾患过一场很严重很严重的病，在我住院的时候，我妈妈每天都以泪洗面，有时候甚至当着我的面都忍不住哭泣。看着我最爱的人那么悲伤，那么痛苦，比起病痛的折磨，我心里的内疚与自责更令我难过。所以西曼，如果你妈妈知道你为她这么伤心痛苦，她心里也会很难过的。”

他拍拍我的脸颊，说：“打起精神来，你妈妈现在最需要的就是你，你得照顾她，安慰她，陪伴她，你得比她坚强，不能这么哭哭啼啼的，这样会让病人失去治疗的信心哦！”

“来，我陪你去看你妈妈。”他伸出手，我看着他，缓缓地缓缓地将手放在他的手心，借着他的力气，从悲伤恍惚的旋涡中，起身。

有的人大概真的有这种魔力吧，同样的一番话，如果换作别人对我说，我一定会觉得他们是安慰我，未曾感同身受过别人的痛苦，所以说得轻巧。可江离在说这番话时眼神里流露出的悲伤与真挚令我轻易便相信了他。

因为他，我的沮丧，我丧失的力气，真的在一点一点慢慢地开始恢复。是呀，妈妈只有我，我怎么能够胆怯呢，现在并不是悲伤的时候，医生叔叔也说了，只要配合治疗，控制得好，情况并不至于那么糟糕呀。

“谢谢你，江离。”我扯出一抹笑容，轻声说。

他回我一个笑容，伸手揉了揉我的头发。

走到病房门口，发现房门是虚掩着的，里面传来妈妈与纪睿的交谈声，我刚想推门，却被妈妈的一句话阻止了。

“老纪，我唯一放心不下的就是西曼呀，虽然有点难以启齿，但我还是厚脸皮地恳求你答应我，万一，万一我走了，你一定要帮我好好照顾西曼，好吗？”

“瞎说什么呢！”纪睿厉声打断妈妈，“现在医学这么发达，一定会有办法的，你什么都别多想，现在最该做的就是调整好心态，配合治疗！”

妈妈……妈妈已经知道了!

妈妈似乎轻笑了一声，说：“刚才金医生的话你也听到了呀，自己的身体状况我很清楚，其实，今年上半年的时候我就感觉到有点不适，也怀疑过，一直没有检查甚至逃避医院每半年一次的员工例行体检，就是怕心里的猜测得到证实，你知道吗，我并不是怕死，而是担心西曼……我是她唯一的亲人，如果我有什么事儿，她该怎么办呀。”妈妈深深地叹息一声。

我捂住嘴巴，心里好不容易才缓解一点的难过再次倾泻而出，站在身后的江离轻轻拍了拍我的肩膀，用眼神示意我不要哭。

我对他点了点头，深深呼吸一口气，然后推开病房的门。

“妈妈。”再怎么努力，开口的语调依旧沾了眼泪的气息，湿漉漉的。

“西曼，过来。”妈妈笑着朝我招手，她的脸色依旧还有点苍白，可神色倒是很平静。她看了眼站在我身旁的江离，说：“西曼，这是你同学吗？”又转向江离，“谢谢你来看我，阿姨可以拜托你一件事吗？”

江离问了一声好，点了点头。

“我家西曼呀，什么都好，就是性子固执，一根筋，心里有什么难过的事儿，也不懂自我调解，只知道傻乎乎的自个儿难过。所以，你帮我多多陪她说话，开导开导她，好吗？”

“我会的，阿姨。”江离郑重地点头。

“妈妈……”我偏头，生病的是她，她却只顾着考虑我的情绪。

“傻孩子，”妈妈揉了揉我的头发，“别担心我，没那么严重的，为了你，我也会积极地配合治疗，别忘了，我也是个医生。”她瞪我一眼，“你看看你，又一个人躲起来偷偷哭鼻子了吧？眼睛都肿了！乖，先回家睡一觉吧。你纪叔叔在这里陪我说会儿话，妈妈没事儿的，啊。”

“西曼回家吧，这里有我呢。”纪睿说。

我点点头，跟江离一起离开了病房。

我说了没事儿，可江离却固执地要送我回家，甚至振振有词地说：“我可是肩负你妈妈的伟大嘱托，要照顾好你的！”

我头有点儿痛，也懒得再跟他争。可这家伙还真把我妈的话当圣旨了，不仅将我送到家里，当我睡了一觉起来时，发觉他在厨房里忙得不亦乐乎！

江离是烹饪高手，当然，仅限西式料理，他可以将简单的面条做出色香味俱全的意大利面，却连米饭都不会煮。

“在法国的时候，基本上很少吃到米饭。刚去那会儿，真的特别不习惯，想大米想疯了，想念家乡菜。时间久了，渐渐习惯了，没办法，不想饿死就只得习惯。后来珍妮教我做料理，我觉得挺有趣的，而且还蛮有天赋的呢！是不是人间美味？”他一边狼吞虎咽，一边嘚瑟。

“自恋！”我白他一眼，不过确实比我煮的面条美味不止一百倍！珍妮？忽然想起什么，问江离，“先前你是不是在电话里说，阿姨精神状态好许多了？”

“是呀，多亏你哪！看护说自从那天你去看过她之后，她好像忽然变了一个人似的，不再成天坐在窗边发呆，甚至主动去院子里走动晒太阳，还会与看护交谈了，情况一天比一天好转。对了，她说想见你。”

“见我？既然她状况好转了，那么一定能够认出我不是珍妮吧，这样不是让她再承受一次打击吗？”我蹙眉。

“别担心。”江离放下筷子，笑说：“她已经知道你不是珍妮了，她说想请你吃饭，感谢你去看她。”

“不用了吧。”现在妈妈住院需要人照顾，我可没心思吃什么感谢宴。

“你就见一面嘛，就当帮我一个忙，好吗？”江离恳求地看着我，“阿姨先后打了好几个电话来了，我已经答应带你去见她。

“那，好吧，不过得等妈妈好一点儿。”

答应江离的那一刻，我真的权当是帮他，做梦都没有想到，一句轻轻巧巧的好吧，会将我的生活推向一场翻天覆地的变故中，甚至改变我此后的人生轨迹。

02 >>>

妈妈休了长假，开始在家里安心养病，每周需要回医院做三次治疗，那是最痛苦的时刻，可她都咬牙挺了过来。

原本我与纪睿都坚持让她住院，可她抱怨说：“这辈子都在医院里闻着苏打水的气味，你们还不放过我吗？”末了语气低了低，说：“我要回家多陪陪西曼呢，这些年忙工作连与她一起吃顿饭的机会都少之又少。”

妈妈的心态很好，大概是我见过的癌症患者中心态最好的一个了。不再上班之后，日子一下子就空闲了下来，纪睿特意买来很多盆栽与花草，放在阳台与顶楼天台，让妈妈侍弄着打发时间。而大部分时间，她总是抱着一团毛线，给我织毛衣，她从来没有织过毛衣，连针都拿不规范，可她特意找小区里的阿姨去学习。

我心疼她劳累，不让她织，可她却固执地反驳我说，闲不住哪，医生也说了，多运动有好处，你看我脸色是不是还不错?

这倒是真的，或许是心态好的缘故，她脸上一点都看不出病容，只是因为治疗与药物的关系，人变得有点儿嗜睡。

蔚蓝与青稞一同来看妈妈，买了大包小包的，营养品、水果、保健品，但凡蔚蓝觉得对身体有好处的，她统统抱过来，东西太多以至于她不得不将被她爸爸已禁闭了很久的越野车开了出来。

蔚蓝开着车去载青稞的时候，她的眼睛都瞪直了，见了我就夸张地比划着嚷嚷：“西曼，蔚蓝原来就是传说中的富二代呀！真没想到，我青稞竟然能幸运地与富二代做姐妹呢！”

蔚蓝扑过去作势打她，青稞笑嘻嘻地跳起来满屋子跑，一边跑一边冲在厨房洗水果的妈妈大声喊：“阿姨，救命呀！蔚蓝欺负我！”

家里的气氛一时变得闹哄哄的，我真喜欢这样的热闹，四个人像家人一般围坐一团吃家常小菜，大家抢着看谁先吃完，因为吃最后的人得负责洗碗。吃完饭，四个人又一起玩扑克牌，输了罚削苹果给大家吃。妈妈很久没有这样开心过了，连每天例行的午后困都不犯了，兴致高涨地与我们玩着牌。

苏灿与亚晨也来看过妈妈，亚晨特意煲了一保温瓶香浓的鸡汤送来，妈妈直赞他的手艺说，自愧不如呀。亚晨乐得嘴巴都合不拢了，嘚瑟地朝我挤眉弄眼的。

我没想到的是，那言也托人送了鲜花水果篮子来。

我打电话去问罪江离，“我妈生病的事儿你怎么还告诉你小舅舅了呀？”

江离愣了下，说：“我就是随口一提，哪知道他记性这么好呀！那证明你朋友缘好嘛！”

我笑了：“我妈也这么说。”

妈妈收到那言的鲜花与祝福小卡片时，摸着我的头说：“我家西曼朋友缘真好。你要记得，别人对你好，你要学会珍惜，并且懂得用善意去回报他们的好。”

挂电话的时候，我跟江离约定这个周末去见珍妮的妈妈。

珍妮的妈妈将约见的地点定在市中心一家环境很好的西餐厅，江离说，阿姨也习惯了吃西餐。

这次再见面，在我面前的妇人仿佛换了个人似的，看得出来她特意装扮了下，略化了淡妆，衣着也是较明亮的颜色，使得她看起来精神比上次好了太多。

她先到，见我们走过去，站起来拥抱了江离，面向我的时候，神色忽然变得特别怪异，嘴唇轻轻颤动，眼神炽热甚至有点儿失礼地盯着我看了良久良久，到最后她甚至起身试图伸手过来摸我的脸。我下意识地将身体往后靠了靠，避开了她的手，虽然很残忍，还是轻轻开口："阿姨，我叫盛西曼，并不是你的女儿珍妮。"

"我知道，我知道，你不是珍妮。"她喃喃，端起桌子上的水杯汩汩地灌了一大口，放下水杯时，她稍稍回过神来，扯出一抹笑容："对不起，是我唐突了。"

不知是否灯光有点暗，抑或是我眼花，我感觉她的身体在微微颤抖，握着杯子的手指不自觉地交叉、捏紧。

"我们先点东西吃吧。"阿姨伸手按服务铃。

"阿姨请客，我得多吃点，嘿嘿。"江离笑说。

埋头吃东西的时候，我总感觉对面有两道视线盯着我看，灼热而专注，我有点不自在，可又不好开口明说，在心里告诫自己，她只是把我当成了珍妮，仅此而已。

"西曼，你今年多大啦？"阿姨忽然开口问道。

"她十八岁。"江离抢先替我回答说。

"十八……"阿姨一副若有所思的模样，接着又问："你爸爸妈妈是做什么的呀？"

"啊？"我诧异地看着她，她也正望着我，在认真等一个答案。

“我爸爸已经不在了，妈妈是一名医生。”我说。

“医生……”她喃喃，语速忽然提高：“什么医生？”

“嗯？”我感觉有点儿莫名其妙，心想她关心得有点过头了吧！

“我是说……她在医院负责什么科？哪个医院的？”她的神色在刹那间变得特别特别怪异，激动地抓紧我的手臂，力道很大，我痛呼出声：“阿姨！！”

“阿姨，你没事吧？”江离也察觉出她的不对劲来，起身绕到对面她身旁的座位，试图拉开她抓住我的手，却被她用手肘撞开，眼睛依旧盯着我，提高声音急说：“回答我，快回答我！”说着又加重了力气，我被她愈加扩散的瞳孔吓得害怕起来，一边挣扎一边诺诺地答：“妇产科，市中心医院……”

我的话未落，面前的一个高脚杯已“砰”的一声落地，跌得粉碎！阿姨也跟着摔倒在地，陷入了昏迷。

餐厅里瞬间沸腾开来，服务员都围了过来，纷纷问怎么回事。有人拨打了120。

我茫然地站在人群外，不知所措，我不知道我的回答究竟哪儿不对劲，令她忽然那么失控，直接昏倒。

就在这乱糟糟的片刻，我忽然想起另外一件差点被我忽略的事儿来，那就是妈妈在浴室摔倒至昏迷的缘由！那天，也正是因为我的一番话而导致她摔跤晕倒的。这些天来，我所有心思都放在她的病上，已经忘记这回事。仔细想想，她那时的神情真的很怪异，反应过激，就如同珍妮的妈妈一样，像是被什么事情震惊住了一般。我不知道这两件事有什么必然的联系，可心里总有一个感觉，那就是，这之间一定有什么我所未知的缘由与秘密。

究竟是什么呢？我蹲下身，甩了甩胡思乱想可依旧百思不得其解快要爆炸般的脑袋，强迫自己就此打住，一遍一遍对自己说，只是巧合，对，只是巧合。

我不敢去多想，我怕，怕某些秘密浮出水面，我怕，怕自己无法承担那个或许永远都不知道为好的秘密的重量。因为一旦揭开秘密的神秘面纱，接踵而至的便是无可避免的伤害与痛苦。是不是不去想，你害怕的事情就不会发生呢？可人就是这样矛盾，愈害怕愈是想知道真相，因为已经嗅到秘密那种致命诱惑的气息，如果无法得知真相，便会如鲠在喉，寝食难安。

所以我才会那么不顾一切地想要寻找到夏至。事到如今，时光将我寻找他的意义由想念他放不下他渐渐模糊成另一个支点，那就是——我孜孜不倦地想要得到的是一个答案，他抛下我的理由，不告而别的理由。

所以在救护车抵达的时候，我一边告诫自己不要再管珍妮妈妈的事了，一边情不自禁地跟着江离跳上了车。

03 >>>

放学的时候蔚蓝来教室找我，说青稞在学校门口等我们，催快点过去呢。

我打着哈欠边收拾书包边问：“她什么事儿这么急呀？”

“她没说。”蔚蓝蹙眉，“你昨晚干吗去了？没睡觉吗？是不是阿姨有什么事？”

我摇摇头：“妈妈没事，别担心。”

昨晚与江离送珍妮的妈妈去医院之后，折腾到很晚，医生说阿姨是气急攻心，加之她的血压本来就不太好，才导致大脑忽然供血不足，陷入昏迷。后来我们一直等疗养院的救护车过来将她接走才回家。而我因为胡思乱想，整夜都没有睡着。

“蔚蓝。”

“嗯？”

“你……爸爸妈妈还好吗？”

这些天因为一些乱七八糟的事儿我都没找时间与蔚蓝好好谈一谈，自从那次醉酒之后，她似乎也没再做出什么异样的举动来，如常上课，如常每个中午找我一起吃午饭，如果真要说有什么不一样的地方，那就是人比从前沉默了点儿，有时候跟她讲话讲着讲着她就走神了。

“没事儿。”她意会我所指，淡淡地说，“走吧，青稞等很久了。”

我们刚跨出校门，马路对面的青稞就风风火火地奔过来，给我与蔚蓝来了个熊抱，极为夸张地喊道：“姐妹们，好久不见，可想死姐姐了！”

“前几天才见过好吧。”蔚蓝眼神一转，望了望马路对面正斜斜靠在一辆摩托车上抽烟的男生，回头冲青稞暧昧地笑：“你虚伪不虚伪，成天跟你男人混，却说想我们！”

青稞也不反驳，笑得很欠揍地对蔚蓝说：“您这是嫉妒呢还是羡慕呢，哎哟，您想谈个恋爱，还不一排人乐意鞍前马后为您效劳。比如上次跟我们一起吃饭的那个，叫啥来着，西曼？”青稞不等我回答，自己想起来了，“对，罗亚晨！”

我按了按太阳穴，心想，青稞姐姐，你惨了！

果然，蔚蓝一把勾住青稞的脖子，将她的身体往后倒，恶狠狠地说：“你找死呀！”

青稞一边张牙舞爪地反抗一边大喊：“死女人，你想在我生日当天谋杀我吗！”

啊，今天是青稞生日？她怎么从来都没有跟我们提起呢？

蔚蓝放开青稞，“看在你生日的面子上，饶了你！”忽然声音一低，她抱了抱青稞，说：“生日快乐，亲爱的。”

我知道蔚蓝是想起了青稞的孤儿身世，对别人来说，生日是快乐而浓重的日子，可对于一个被抛弃的孤儿来说，那是灾难，是痛苦的根源。

“喂！你们什么表情呀。”青稞笑起来，“真正的生日我忘记了。今天是我离开孤儿院的日子，我把这天当作我重生的日子。”

“生日快乐。”我也抱了抱青稞。

“你怎么不早点说，都没准备礼物！”蔚蓝抱怨，“是你二十岁生日吧，很重要的。”

青稞说：“最好的礼物就是你们陪我一起生日！在认识他与你们之前，”她伸手指了指马路对面的男生，“每年的这一天我都是独自一人度过。那种空荡荡孤零零的感觉，想起来都令人后怕。我觉得今年一定是我的幸运年，认识了你们，认识了他，我常常想呀，老天其实待我也不薄呀！”

我不知道是不是拥有很少的人都特别容易满足，别人给予一点点好，一点点温暖，都会令他们很感激，掏心掏肺地想要还那份情那份好。至少青稞就是这样。

青稞揽住我与蔚蓝的肩膀过马路，说：“他在谜底酒吧订了很宽敞的位置，将你们的好朋友都叫出来玩儿吧，姐姐就喜欢热闹，今儿我们不醉不归！”说着看了眼蔚蓝，偏头对我说：“西曼，记得叫亚晨。”

我心里忍不住笑，这个青稞，分明就是想撮合蔚蓝与亚晨嘛。

青稞放开我们，跳到摩托车旁，一脸甜蜜地勾住男生的手，说：“我给你们介绍呀，这是我男朋友纪元宏。”

又指了指我与蔚蓝，抬头对纪元宏说：“跟你经常提起的，我好姐妹盛西曼、蔚蓝。”

我与蔚蓝问了声好。

纪元宏冲我们点了点头，算作招呼，甚至连个笑容都没有。

虽然见过一面了，但还是头一次这么近距离与他接触，说不上为什么，只一眼，我就不太喜欢他，或许是他眼神里深沉到近乎阴鸷的光令我心里不舒坦吧，甚至有点儿害怕。

他看起来很难相处的模样，一点笑容都没有，整张脸波澜不惊的。可不管怎样，他是青稞喜欢的男生，只要她觉得好，便好。

青稞坐纪元宏的摩托车先走，我与蔚蓝打了辆出租车，车上我给亚晨打电话，他因为是美术生的缘故，在学校上课的时间很少，基本上都在画画，冲刺专业训练，我们见面的机会也少了许多。

他很开心地说：“好久没有去酒吧玩儿了，这成天埋头画画眼睛都要瞎了！”

挂电话的时候我说：“叫上你姐一起吧，我挺想她的呢。”

想了想，我还是拨通了江离的电话。就当是给青稞过一个热闹的生日吧。而且，江离那么有趣的人，应该能和大家成为朋友的。

挂掉电话时蔚蓝正偏头望着我，好奇地问：“刚你叫了谁呀？我不认识的人？”

我说：“嗯。新认识的一个朋友，人蛮好的，也是画画的。待会儿介绍给你认识呀。”

“男孩子？”蔚蓝问。

“嗯。”

“哦。”蔚蓝不再开口，将头偏向窗外，看起来闷闷不乐的样子，我也没有多在意。

04 >>>

可能是刚入夜的缘故，酒吧比较清冷，听青稞说，这个酒吧是纪元宏一个朋友开的，所以特意给他辟出了一个角落，拼了几张桌子，除了酒，还提供食物。

一起参加青稞生日会的人除了我们，还有和纪元宏一起玩赛车的几个朋友，青稞也认识。

我们去的时候，那几个男生早已经到了，每人开了瓶啤酒在玩色子，罚酒罚得正不亦乐乎。青稞为我们一一介绍，其实也就是个形式，转眼我一个都记不住名字，不过倒让我知道了一件事，那就是纪元宏并非不喜欢我与蔚蓝才摆了张毫无笑容的跩跩的脸，他在那些男生面前照样是一副被人欠了几百万似的冷面孔，看来他还真是天生的冷漠，就连对青稞，也是那副淡淡的模样。

我们才坐了一会儿，亚晨就与苏灿一起来了，他们提了个大蛋糕过来，我特意让亚晨去买的，买礼物来不及了，生日蛋糕可不能少。

虽然我曾与苏灿提及过青稞，可一直也没有机会见，苏灿对青稞说“生日快乐”的时候，从手腕上摘下一条链子，在青稞惊讶的目光中，扣上了她的手腕，笑说：“青稞妹妹，这条手链是我最喜欢的，戴了很多年，希望能给你带来好运气。”

青稞很没出息地当场就红了眼眶，头搁在我肩膀上动容地说：“西曼，你相信吗，这是我长这么大收到的第一份生日礼物。”

我心里一酸，拍了拍她的肩膀，忍不住问：“纪元宏没给你准备礼物？”

“他呀，”青稞叹口气，嘟着嘴，“我可不指望他，他从来就没过节过生日这样的概念，也没有买礼物的习惯。他能帮我准备个场地，已是最大的极限了。”

“那也算是礼物嘛。”我安慰她。

“好啦宝贝儿，别嘟着嘴了，明儿咱去逛商场，你想要什么直接挑！”蔚蓝豪气地拍了拍青稞的脸。

“那我下手可得重点儿，不刷光你的卡我就不出门，嗯哼！西曼，你也一起去挑，别客气！”青稞笑嘻嘻地开玩笑。

说话间，我看见江离站在门口往里面张望，我起身冲他招手，他笑了下，然后走过来。

“谁啊？西曼，你男朋友？很帅哦！”青稞靠过来，冲我暧昧地眨眼。

我没好气地推开她的身体，白了她一眼。这时，我身旁的蔚蓝手忽然一抖，酒杯“砰”一声落在了地上。

“蔚蓝，你没事吧？”我疑惑地看着她。

亚晨赶紧拿过桌上的纸巾，一边给蔚蓝擦倒在裤子上的啤酒，一边担忧地问：“怎么了？是不是不舒服？”

蔚蓝却仿佛没有听到我们说话一般，怔怔地望着已走到我们面前的江离，神色怪异，手指似乎在轻轻颤抖，我握住她的手指，倾身问：“究竟怎么了呀？”

好一会儿，她才回过神来，摇头说：“没事。”

江离被齐刷刷好几双眼睛盯得不好意思起来，低头看了看自己的衣服鞋子，笑说：“有什么问题吗？”

“没问题，哈哈，江离，竟然是你，好久不见。”苏灿站起来，伸出手掌，偏头看着江离。

“苏灿！”江离伸出手与苏灿的手掌重重地一击。那是他们一直以来见面打招呼的方式。

做过介绍之后，江离与苏灿就凑在一起聊开了，自从江离两年前出国留学之后，他们这还是第一次见到，自然有聊不完的话题。

江离到来之后，蔚蓝整个人都显得有点恍惚，吃饭的时候掉筷子，喝水被呛，别人敬她酒时得喊好几声才反应过来。

中途我将蔚蓝拉去上厕所，关上洗手间的门后，我问她："你究竟怎么回事呀？如果不舒服，我先送你回家吧。"

她用冷水冲了把脸，抬头冲我笑着说："没事呢，可能是房间里烟酒味儿太浓，有点儿闷。"

"如果不舒服就先走吧，青稞也不会怪你呀。"

蔚蓝点点头，拉着我走出洗手间。

此时酒吧里开始热闹起来，DJ的叫嚷声混淆在震耳欲聋的音乐声中，青稞说这是全市最热闹人气最旺的酒吧，她与纪元宏的根据地。

青稞认识纪元宏的时候也是在谜底酒吧，彼时她是酒吧里的侍应生，那晚有客人喝醉闹事，她去奉劝却被牵扯进去，那人一巴掌即将落在她脸上时，一旁闷声喝酒的纪元宏及时出手，捏住那个人的手，并且干净利落地将滋事者丢出了酒吧。

几乎是刹那间的事，青稞一眼爱上了纪元宏，她说十八年来，被很多人欺辱过，他是第一个出手帮她的人。可纪元宏却并不领情，面对青稞的炽热，他淡淡地说他只是痛恨欺负女人的男人而已。

他的冷淡令她黯然，却并不死心。他是谜底的常客，几乎每个夜晚都光临，在固定的位置坐到直至酒吧打烊，一打啤酒，一盘鸭舌头，从来不曾改变。有时候会和几个男生一起，有时候带着不同的女生，更多时候独自一人。他的酒量很好，青稞从来没有见他醉过，相识半年来，她成了他专属的侍应生，乌烟瘴气的酒吧里，人潮那么拥挤，嘈杂人声与音乐声交织的浮躁世界里，她的心里只有他，她的眼神穿过层层叠叠的纷杂，抵达他所在的世界，那里沉默，清净，英勇，光环笼罩。

他们的关系发生变化的那个晚上，纪元宏很晚才来到酒吧，嘴角带着伤，万年不变冷漠的脸变得更加阴霾，这一次他没有对青稞说照旧，而是说，最烈的洋酒，不兑果汁。那晚纪元宏醉了，再好酒量的人，一口口不停歇地灌，并且内心充满积郁，都很容易醉倒。青稞站在离他不远处的喧闹人群中，没有跑过来劝他。只是当他在打烊后一步步踉跄着走出酒吧时，她顾不得善后工作，制服都没有换便追了出去。

天空下着毛毛细雨，青稞跟在纪元宏身后一路走了很远很久，他的摩托车自然是没法骑，也不拦出租车，就那么跌跌撞撞地沿着马路走，青稞始终在他身后保持一米的距离，每次红灯的时候，她都心惊胆战，怕他直接冲过去，她不敢上前搀扶他，害怕他忽然冰冷地来一句，你是谁呀？

不知道穿越了多少条街，拐进一条安静的小巷子时，纪元宏忽然回过头冲青稞大声吼："你跟着我干什么！"

青稞被吓得讷讷地不敢开口，尴尬了片刻，纪元宏忽然蹲下身，剧烈地呕吐起来，青稞冲过去蹲在他身边拍他的背，掏出纸巾给他擦拭嘴边的残留物。

吐过之后，纪元宏整个人清醒了许多，他偏头看着身旁的女生，昏暗路灯下，她的发丝沾染上细雨后狼狈地贴在前额，薄薄的嘴唇紧抿，脸上有害怕、慌乱、心疼，唯独没有一丝一毫的嫌弃。

他张了张嘴，闷声说："我脾气坏，对学习没什么兴趣，不会哄人，欠缺耐心，从来不过情人节，换女朋友的数量不计其数，这样的一个我，你还不介意的话，就在一起吧。"

青稞哭了。

她忙不迭点头，她怎么会介意，就算前面是一堆火，她这只飞蛾也会义无反顾地扑上去。

是不是很傻？说完他们相遇的桥段，青稞问我。

我没作声，心想，是的，真傻。在这场感情中，她注定处于被动与劣势，她先爱上，她爱得深，若爱情有输赢，那么从一开始，她就输了。

可又有什么关系呢，我看着此刻抱着纪元宏胳膊开心地与朋友们玩着色子拼酒的青稞，看着她发自内心的快乐笑容，我便觉得，不管结局如何，至少在她爱着的这个过程，她是快乐的，幸福的，哪怕这快乐与幸福其实在旁人看来并不是那么靠谱。

大家玩得正兴致高涨的时候，蔚蓝的电话响了，她将手机放在我的口袋里，震动了很久，我才反应过来，屏幕显示号码来自她家里，我偏头找蔚蓝，却发觉她此刻并不在座位上，我问对面的亚晨，他说刚才还在呢。

电话挂断之后，片刻又响了，很急的样子。我拿着手机跟亚晨出去找她，她也没在洗手间，我们又跑到大门口。电话又来了，我不小心碰了接听键，那端传来蔚蓝家里做事的阿姨急迫的声音：“蓝蓝，你赶紧去医院，你爸妈不知怎么回事大打出手，结果你妈从楼梯上滚了下来，现在已经送去了医院……”

我呆住了。

然后看见蔚蓝正从马路对面缓步走过来，手里拿着一瓶矿泉水。她停在我们面前，“你们怎么也出来了？”

我低下头，异常艰涩地开口：“蔚蓝，你妈妈出事了……”

第八章
/
秘密

[如果爱是这个世间最令人暖心的字，那么秘密便是这个世间最伤人的词。]

01 >>>

出租车在车水马龙的街道上缓缓前进，窗外霓虹闪烁，来往车辆的喇叭声混淆着穿梭路人的喧嚣声，那么热闹，而车内却寂静得令人心里泛起一阵阵凉意，蔚蓝双手紧紧交握，嘴唇紧抿，身体抑制不住地轻颤起来，一闪而过的霓虹灯投射进来，映得她整张脸苍白无比。我握着她的手，想说点什么，却发觉一句话都说不出来。

坐在前排的亚晨一直频频回头，我轻轻摇头，示意他什么话也不要说。他叹口气，脱下外套递过来，让我给蔚蓝披上，却依旧阻挡不住她发抖，她的冷来自心里而非身体。

夜晚的医院总是有种令人毛骨悚然的感觉，惨白的日光灯映照着惨白的墙壁、惨白的制服以及床单，令人心里冰凉而怅然。长长的走廊尽头，蔚叔叔坐在长椅上，肩膀耷拉着，双手紧紧交握，微偏着头目光始终盯着手术室上方的指示灯，听到身后急切的脚步声，他回过头来，起身，一脸内疚而疲惫地望着蔚蓝，低低开口："蓝蓝……"

我侧头看见蔚蓝垂下的手指缓缓握成拳，眼神冰冷得令人害怕，她的目光仿佛穿透蔚叔叔望向别的地方，说出的话一字一句都带着毫无温度的恨意："如果妈妈有什么事，这辈子我都不会原谅你。"然后漠然地越过他身边，朝手术室走过去。

蔚叔叔伸出的手傻傻地僵在半空中，蠕动的嘴角终是没有发出半个字节，一脸颓丧地瘫坐在椅子上。

在蔚蓝家做事的阿姨拼拼凑凑的叙述下，我们知道了事情的大致经过。蔚叔叔今晚本来是有应酬的，却临时被阿姨一个电话叫回来，他回家没多久，二楼就传来激烈的争吵声，伴随着摔东西的声音，以及阿姨歇斯底里的哭声……争执持续了很长一段时间，到后来似乎都只有阿姨一个人在大喊大叫摔东西，叔叔自始至终都保持着沉默，最后不知怎么的，两个人从卧室一直拉扯到楼梯口，看那情形大概是蔚叔叔想离开，阿姨不让，拉扯中，阿姨失足跌落楼梯，头部撞击到铁栏杆，血流如注，当即昏迷。

时间一分一秒地流逝，手术室的灯始终亮着，中途有护士急匆匆地从里面跑出来，大喊："病人失血过多，血库供血不足，急需A型血……"

"抽我的！"蔚蓝唰地站起来走到她身边，护士小姐看了她一眼，犹豫地说："你太瘦，而且精神状态看起来也不太好，估计……"

"废话这么多干吗！让你抽就抽！！！"蔚蓝提高声音，近乎用吼的。

护士小姐被这么一吼，脸色立变，刚想发作，却被蔚叔叔走过来截住，"对不起，对不起。"转头望着蔚蓝，叹口气："蓝蓝，你跟我一样，是B型血。"

我也不是A型。我蹙眉。

"我是A型。"亚晨清朗的声音在此刻如同一剂强效安心剂，蔚蓝望着他的眼神里除了感激还是感激，亚晨笑笑，拍了拍蔚蓝的肩膀，跟护士往验血科走去。

这个时候，青稞急匆匆地赶了过来，她身后还跟了江离，见了他我愣了下，他怎么也来了？他望向我的眼神里充满了担忧，我疲惫地冲他笑了笑，算作招呼。

青稞微微喘着气抱住蔚蓝，在她耳边轻声说："宝贝儿，别担心，阿姨一定会没事的。”

蔚蓝的眼泪在忍了这么久之后终于轰然滑落，她拖着哭腔对青稞说：“真的很抱歉，搞砸了你的生日会……可是我真的好害怕好害怕……好怕妈妈再也醒不过来……”

心里一酸，我伸出手臂紧紧拥住抱在一起的青稞与蔚蓝。在心里轻说，蔚蓝，不管发生什么事情，我与青稞都会在你身边的，还有亚晨。

一个小时之后，手术室灯光转换，大门打开，阿姨被缓缓推出来，额头眼角处缝了几针，缠绕上厚厚的纱布。医生拉下口罩如释重负地开口：“病人已过危险期，比之外伤，情绪激烈过度引起的气急攻心才更为严重，希望不要再令她受刺激。”

病房门口，蔚蓝拦住试图跟进去的蔚叔叔，冷冷开口：“请你离开。”然后走进病房迅速关上房门。

“叔叔，你还是先回去吧，这里有我们呢。”此时此刻，阿姨醒来最不想见到的人，应该就是他了。

蔚叔叔叹口气，拿出一张卡，写上密码交给我，然后将我叫到一边，轻问：“西曼，蓝蓝是不是知道发生了什么……”

他欲言又止，可我却懂，我点头，没有告诉他蔚蓝早就知道了。

看着他转身离去的背影，惨白灯光下，仿佛一息之间老了数岁，我心里真的很难过，为蔚蓝，为阿姨，也为曾经那个令我羡慕的幸福家庭，只是从前看似美满的一切，从这个夜晚开始，跌得粉碎，再也回不去。

02 >>>

阿姨自醒来之后，仿佛变了一个人般，原本以为的大吵大闹的情况并未出现，她甚至不愿意出院，也拒绝见蔚叔叔，对于前去探望的亲友一概拒之门外，除了蔚蓝。

我与青稞、亚晨去过几次，同样被阿姨拒之门外，鲜花水果亚晨煲的鸡汤只得托蔚蓝转交，可统统被退回来。

蔚蓝忧心忡忡地跟我说：“妈是不是摔坏了脑袋？”

我瞪她：“瞎说什么呢！”

“真的，完全变了样，以前她多爱热闹的一个人呀，最无法忍受的就是安静，可如今她能待在寂静得可怕的病房里整天整夜，就发呆。”

任何人在遭遇了巨大的变故与冲击之后，都会这样吧。我安慰她。心里却莫名地感觉到一阵阵害怕，依阿姨的性子，大吵大闹才是正常，而如今她太过平静，像是……像是暴风雨来临前的那种死寂的平静，令人惶恐。

“西曼，你说他们会不会离婚？”蔚蓝轻声说。

“先别想这么多，这些天多陪陪阿姨吧。”我握了握她的手，她侧身，趴在我肩头，沉沉地说：“西曼，做人怎么这么累呢？”

亲爱的蔚蓝，这个问题，叫我如何回答你呢。

阿姨在医院住了半个月，等额头的外伤拆线之后才出院。出院那天我与青稞、亚晨再次买了鲜花去接她，还特意每人写了一封简短的信夹在鲜花中，写信这个主意是江离出的，他说，比起面对面，写在纸上的一字一句的真诚更令人感动，而且避免了尴尬。

没想到他一个大男生竟然还有这样细腻的心思，同是画画的人，亚晨就粗线条得多。此主意得到青稞的盛赞，赞完之后直接将话题引申到个人魅力值上，她说：“才华横溢年少成名家底丰厚关键还是美少年一枚，最重要呢，他看你的眼神与众不同呀，连对你朋友的事儿都如此上心。啧啧啧，盛西曼同学，如此极品美少年你还在犹豫个啥啊！”

我打了个冷战，这台词好熟呀，尤其是最后一句，记得不久前，她貌似对那言也是如此品头论足了一番并以此句结尾。青稞姐姐，您可真是变幻多端的红娘呢！

不过江离这个主意出得真好，效果显著，阿姨竟然主动邀我们去家里吃饭，并且是她亲自下厨。蔚蓝很开心，极为肉麻地一一抱了抱我与青稞、亚晨，说了句更肉麻的话：“这辈子能够认识你们三个，是我的福气。”

我跟蔚蓝提议是否可以叫江离一起，她神色忽然一变，说：“算了吧，我不想跟不太熟的人一起吃饭。”片刻，又补了句：“我不喜欢他，以后我们有什么聚会最好别叫他。”

我讪讪地，心想她是怎么了，平时虽然骄纵了点，但从来没有对我的朋友这么苛刻过，我回想起蔚蓝第一次见到江离时的情景，她的举动真的很怪异，震惊中分明还带了点……惶恐？可在那之前，他们并没有见过，究竟怎么回事？

我甩甩头，逼迫自己别胡思乱想。更何况每个人在选择朋友时，都有自己的喜好与厌恶，这原本无可厚非。最近她因为父母的事情已经很难过了，就依她吧，只要她开心一点。

阿姨的气色看起来还可以，做了一大桌的美食，招呼我们多吃点。乍一看，好像什么事情都没发生过一般，可仔细看，你会发觉，她不快乐，以前脸上那种发自内心的幸福表情与动不动就爱与蔚蓝撒娇的口吻已消失，取而代之的是强颜欢笑也无法掩饰住眼角眉梢的郁结，而且极容易走神，话也变得比以前少了许多。

蔚蓝说，妈妈回来之后不与爸爸吵架，也从未提过离婚的事，只是辞退了做事的阿姨，亲自打理一切家务。爸爸大概是因为愧疚，基本上每天都回家吃晚饭，据说与外面那个女人分开了。一切好像回到了从前，可我感觉，一切都不一样了，妈妈的平静令我害怕……

我跟她有同样的感觉，回家跟妈妈说起阿姨的情况，似乎在故意压抑自己的情绪不让它爆发，这样下去她整个人都会崩溃的。忽然心念一动，对妈妈说："你介绍纪睿给阿姨吧，或许他可以帮到她。"

妈妈无比感慨地说："没想到你蔚叔叔也会做出这种事情来，当年他在医院的时候出名的为人踏实，对你阿姨更是好得令所有女同事羡慕，唉！"

我心里难过，跟着感叹一句："真是再好的感情都会变质，如果是这样，那不如不开始，以免日后伤心。"

妈妈瞪我一眼，嗤笑道："你这孩子，小小年纪哪来这么多悲观情绪呀。"

"是真的嘛。"我嘟囔，蔚叔叔与阿姨的恩爱一直令我羡慕，也是我对幸福家庭的标准，可如今……

"我的西曼以后一定会遇见一个此生都爱护你、对你一心一意的人。"妈妈摸了摸我的头，无比认真地望着我，似乎是赐给我一句金玉良言，又像是一句令我安心的郑重承诺。我想到妈妈的病，又想起很早就离开我们的爸爸，心里潮湿，反身拥住她手臂，开口时语调里都沾染了湿意："那你呢？妈妈。"

良久，妈妈才很不好意思地开口："西曼，妈妈想跟你商量一件事……那个，那个……"她吞吞吐吐老半天，才在我殷切的眼神下说出完整的一句话，"那个，你纪叔叔约我们周末一起吃中饭，出席的还有……他儿子。"说完，妈妈别过头去。

"如果你不愿意……"

"真的？真的吗？妈妈，真的吗？！"终于反应过来的我跳起来兴奋地截断她的误会，我哪里是不愿意，相反，我非常非常非常愿意！

此时此刻我真的很想立即打个电话去嘉许下老纪呀，别扭了这么多年，终于开口求婚了？明眼人一看就知道纪睿对我妈妈心中有意！据说纪睿的妻子也过世了很多年，既然如此，还有啥好担心的？虽然没有百分百把握妈妈对纪睿的感情，但至少不讨厌，有事儿找朋友帮忙也会第一时间想到他。在见过纪睿几次之后，我曾动过拉拢他们两个的心思，旁敲侧击了好几次，可妈妈老是将话题绕开。而今这顿饭可不仅仅是朋友相聚这么简单，嘿嘿，摆明相亲宴嘛！

“西曼，妈妈是不是太自私了点？”妈妈望着我，语气低下去。我知道她的意思，在现在这个状况答应与纪睿在一起，很大一部分，不，百分之八十都是为了我，她担心自己的病情一旦恶化，离开之后我便孤苦无依，她急于帮我找到一处庇护，明知道只要她开口，纪睿一定会帮她照顾我，可在她心里，大概一个名正言顺的家庭来得更有保障。

“妈妈……没有，真的没有。”我抱着她，既心酸又心疼，“你就是太无私了……可是妈妈，我希望你做这个决定不仅仅是因为我，我希望你幸福，明白吗？”

“傻丫头，”她拍了拍我的头，笑道，“妈妈不是那种强迫自己的人，当年因为一些误会，一念之间我与老纪错失了彼此……我不想在余下的日子里再留下遗憾……”

我不知道当年他们之间究竟发生过什么事情，但庆幸，兜兜转转，终于又回到了原点。

我没大没小习惯了，也不怕招打地缠着妈妈问纪睿是怎么求婚的，玫瑰多少支？有没有钻戒？

妈妈哭笑不得，索性抛下我回房间睡觉去了。

我看着她的背影，像个疯子般呵呵呵呵地直傻笑。我看得出来，妈妈很开心，竟然在她脸上看到了如小女孩般的羞涩，自从休病假以来，她脸上第一次出现了发自内心的笑容。

谢谢你，纪睿。

谢谢你让我最爱的人开心。

谢谢你在她患病的时候不离不弃。

03 >>>

纪睿的中餐宴设在近郊一家小型私家会所，格调雅致，环境幽静，据说此会所在本城很有名气，座位有限，经常需要提前半个月预定，菜价昂贵得令人咋舌，可依旧令人趋之若鹜。妈妈说没必要如此大费周章，纪睿只是笑，体贴地为我们拉开桌椅。我打趣说，应当应当，人生大事嘛！惹得妈妈直瞪我，纪睿爽朗大笑。

这种气氛与感觉令我心里很温暖，第一次有全家团聚的感觉。这么说或许对去世的爸爸有点不公平，可我对他的印象实在太模糊，妈妈孤苦了这么多年，我很希望她能得到更好的照顾与幸福。

直至开始上菜，纪睿的儿子还没有来，他抱歉地说："不等了，我们开吃吧。"

可妈妈坚持，好歹是第一次见面，这样不太好。我撇撇嘴，对这个还未见面的异姓哥哥好感度直降。听纪睿提及过他一次，只感叹说，如果他能有你一半懂事该多好。言谈间大致了解，他儿子正处叛逆期，问题少年一枚。

纪睿只得出去打电话催促，我绕过桌子去给妈妈添水，趁机附在她耳边打趣："妈妈，你是不是有点儿紧张呢？"言下之意是，丑媳妇见公婆会紧张，后母见继子你怎么也紧张呢。但我没胆直接说出来。

妈妈伸手笑着敲我的头，"没大没小。"

纪睿拿着手机走进来，笑问：“在说什么呢。”

一切都是那么温馨和美的模样，我们永远都无法预料，此刻的笑容会在下一刻遭遇怎样的灾难，就好像我猜不到，等一下将走进这间包房，走进我与妈妈的生活中的人，将给我的人生带来怎样的劫难。

当服务员领着纪元宏走进来时，我差点儿就被嘴里的水呛住，不是我大惊小怪，而是这段日子以来，生活带给我的巧合真的太多太多。

他见了我，亦是脚步一滞，波澜不惊的脸上浮出惊讶，但很快恢复过来，落座的时候目光转到妈妈身上，疏离而礼貌地喊道：“阿姨……”不知是否我耳朵出错，他的声音里怎么带了压抑的颤音？握着杯子的手捏得很紧很紧，似乎恨不得将茶杯捏碎一般，望着妈妈的眼神从先前的冷漠忽然转变成一种慑人的冷意，虽然转瞬即逝，但还是被对面而坐的我捕捉到。

是因为不满父亲再组家庭么？

那顿饭吃得并不怎么愉快，妈妈努力试图与纪元宏沟通，拉近距离，可他始终一副拒人于千里之外的冷淡模样，妈妈说一长串的话，他永远以嗯哦来回答。妈妈给他夹菜，他不当即拒绝，却在下一秒将之夹出来，丢在桌子上。惹得纪睿那样好的性子都差点儿动怒将他轰出去。

妈妈讪讪的，只得转头对我说：“西曼，你与元宏年纪相仿，应该有很多话题的。吃完饭我与你纪叔叔还有点事要办，你们到附近逛逛，然后让元宏载你回去如何？”

“好。”

“不用了。”

异口同声，我狐疑地望向纪元宏，他不是应该拒绝么，怎么同意得如此干脆？他不喜欢妈妈，不用想，对我自然也不会有什么好感，我呢，对他的感觉也好不到哪里去，原本因为青稞的关系，我就不是很喜欢他，而他对妈妈的无视更让我不爽。但见纪睿与妈妈如释重负的笑脸，拒绝的话只得压了回去。

可该死的纪元宏等纪睿的车一消失，便跨上摩托车，嘴角勾起一抹冷笑，对我说："是你自己说不用的哦。"打了个再见的手势，绝尘而去。

故意的，绝对是故意的！明知道这里除了私家车很少有出租车，他一开始就算计好，才答应得那么干脆！

"王八蛋！！！"我气得没形象地大声怒骂，可纪元宏早就没了身影。怎么办？绝对不能让纪睿返回来接我，否则妈妈心里又会不太好受。心一横，打电话召的士吧！一想到的士表上突突突飞速跳动的价格，肉痛啊！

"西曼？"熟悉的声音在我身后响起。

哈哈，运气真好，救星来了！我赶紧摁掉还没接通的电话，转头，愉快地冲那人招呼："Hi，那言，好久不见。"

"真的是你呀。"他也笑，"我还以为听错声音了。"

"呃。"刚才那句不雅的咒骂么……赶紧转移话题，持续笑："可不可以搭个顺风车？"

车后座已经坐了个人，我只得坐前排，那言简单地做了介绍："盛西曼。"又回头望向后座的女人："我姐。"

那人点了点头，算作招呼。

姐姐？那就是江离的母亲咯，想起江离曾抱怨他妈妈是严厉专横的老太太，乍一看还真有点儿像，笔挺的职业套装，一丝不苟的盘发，正襟危坐的模样，浑身散发出来的气势还真有点女王气势呀，很像……很像台版道明寺妈妈！

"江离怎么没跟你们一起来呢？"原本只是想找个话题，问完后就后悔了，果然，大陆版道明寺妈妈问我："你认识江离？"

“呃，见过两次。”如果知道我曾将她住院的儿子拐出医院，她会扑过来掐死我吧？好在，她也没有再多问什么。

一路沉默，那言偶尔偏头问两句我的近况，也没多说什么。所幸很快就到家，说了句“谢谢”，赶紧溜之大吉。哎，顺风车也不是那么好搭的呀，尤其是坐了一位气场强大得令人窒息的人的顺风车。

04 >>>

妈妈与纪睿都是不喜喧闹的人，所以并没有举行婚礼，纪睿原本想带妈妈去地中海航线邮轮蜜月旅行，可考虑到妈妈的身体状况，只得选择了国内游。

出发的前一天，我陪妈妈去超市采购了日常用品，提着大包小包爬楼梯，妈妈跟在我身后念叨她出门这些天我该注意的事，我嗯嗯嗯地应着，笑她啰唆。嘟嘟囔囔地走到家门口，抬眼，我愣住了，“阿姨，你怎么在这里？”

站在家门口的竟然是珍妮的母亲，看起来似乎等了有一段时间了，正轻轻踢着微麻的腿。闻声扭过头来，眼神却越过我径直望向我身后的妈妈，用很怪异的声音开口：“我是来找赵医生的。”

妈妈手里的东西忽然跌落在地，她身体微晃，我忙扶住她：“妈妈，怎么了？”她神色顷刻间大变，眼中尽是惊恐，脸色苍白，嘴角、手指、全身都在颤抖。

“妈妈，妈妈……”我将妈妈扶进屋子，珍妮的母亲也跟着进了屋子，此刻我已无暇顾及她，一切都发生得太快，将妈妈扶到沙发上躺好，我赶紧拨了纪睿的电话。

“西曼，妈妈忽然有点饿了，很想吃李记的榴莲酥，你去给我买好吗？”她虚弱地开口，我心里一沉，知道她是想支开我，可她这个状况，我怎么能走开呢。

“我打电话让纪睿带……”

话音未落，珍妮的母亲忽然开口：“西曼不能走。赵医生，你在怕什么呢？既然当年敢做如今怎么就不敢当了呢？”

“阿姨，现在我妈妈身体不太好，我们没办法接待客人，”我站起来，指着门口，“请你离开吧。”

我心里有很多很多的疑问，排山倒海呼啸而来，可没有什么事情比妈妈的身体更重要，我望向沙发上的她，她脸色惨白。我不知道到底发生了什么事，可珍妮母亲无疑是始作俑者。

“妈妈？！”珍妮的母亲厉声尖叫：“西曼，知不知道你喊了十八年的妈妈，压根就不是你的亲生母亲，”她转身，指着妈妈：“她是一个利用工作之便丧失职业道德偷抱别人小孩的恶毒女人！”

“别说了……求求你，别说了……”妈妈祈求的声音。

顷刻间，天旋地转。我仿佛看不见任何东西，听不见任何声音，脑海里只反反复复地回响着那句“压根就不是你的亲生母亲……她是一个利用工作之便丧失职业道德偷抱别人小孩的恶毒女人……”

头好痛，好痛……仿佛要炸裂开来，我按住太阳穴，蹲下身，浑身不可抑制地颤抖起来，胸腔里空荡荡一片，意识也开始涣散，耳畔有声音在急切喊我的名字，西曼，西曼……似乎还有很多只手在摇晃我的身体……我什么也不想听，谁也不想理……就让我这么昏睡过去吧，是不是再次睁开眼的时候，一切如常，什么也没有发生，只是一场噩梦呢？

05 >>>

再醒过来时，天已经完全黑了，床头柜的灯光微弱，我睁开眼，看着一脸担忧的妈妈与一脸凝重的纪睿，我知道，不管我睡过去多少次，醒来时，那些话依旧真真实实地存在，或许还是事实，并非噩梦。

“西曼……”妈妈伸手试图握我的手，下意识地，我避开了。

她的眼泪掉下来，我知道，我的举动令她痛心难过，可是，珍妮母亲说的那些话，像是噬心的蚁虫，时刻在我脑海里爬来爬去，令我头痛欲裂。

“你先去休息吧。”纪睿轻轻开口，妈妈怔怔地望着我，不走也不说话，只无声掉眼泪，我偏头，不忍再看。她最终还是走出了房间。

沉默。漫长的沉默。

我傻傻地望着天花板，脑海里闪过很多片段，从小到大的细枝末节，与妈妈相处的点点滴滴，那么多美好的记忆，她是全世界我最爱的人，我生命中最重要的人。可是，忽然有人跑来跟我讲，她不是你亲生母亲，她是恶毒地将你从亲生父母身边抱走的人……我想起当初我开玩笑般地说是否有失散的姐妹时，妈妈在浴室跌倒的画面……脑海里又闪过与江离一起去疗养院看望珍妮母亲的片段，她痛失爱女的疯癫，她见了我的激动，她站在客厅里厉声指责妈妈时的情景……细细碎碎，如同电光幻影般在我脑海里闪过，所有的所有，都化作带毒的利剑，狠狠地刺向我……

“是真的，西曼。”纪睿终于开口，语调沉重得令人压抑。

不用他说，我心里已经有了答案，珍妮就是最好的答案。只是，我多么不想去相信这个答案，我一遍遍给自己催眠，是假的，是噩梦。可此刻，那个真相如此清晰残忍地从纪睿的嘴里说出来，我给自己催眠出的片刻假象再也禁不起推敲，在残忍的真相面前轰然倒塌，我再也忍不住，泪水大颗地滑落。

十八年前，妈妈还只是市中心医院妇产科的小医生，当年我的亲生母亲怀的是双胞胎，因为身体不是很好的缘故，我与珍妮都是早产，而那个时候，我们的父亲正在国外出差，据说还是邻居将母亲送进了医院，她的产前阵痛一直从上午持续到深夜，负责将她推进产房并接生的人正是刚来值夜班的妈妈。从看见孕妇身边没有人陪同的那一刻开始吧，一个可怕的念头在妈妈脑海里产生，费尽千辛万苦生下一对孩子的孕妇，虚弱得再也没有力气看一眼自己的孩子就晕了过去，哇哇哭叫的粉嫩婴儿，激起了被诊断无法生育的妈妈的浓浓母爱。而爱与毁灭，往往只有一线之隔，她将其中一名婴儿抱走，然后从太平间抱来一名死婴……一个弥天的罪恶谎言自此诞生……后来，我的母亲带着仅存的另一个女儿随父亲远赴法国，离开了伤心之城。

十多年前的一桩惊天往事，充满了罪恶与谎言的秘密，寥寥数语从纪睿口中缓缓陈述出来，他的声音很低很轻，却几乎令我窒息。

“西曼，我不知道该说什么好，可是，我请求你，不要恨你妈妈好吗？”纪睿绕到床的另一边，蹲下身望着我，语气里是浓浓的恳求。

我不语，眼神穿过他，空洞洞地望向不知名的远处，脑海里亦是空荡荡一片。

真相永远如此不堪，我坚信了十几年的美好与爱，竟然沾染了这么丑恶的一桩秘密。我相信的，我爱着的，我尊敬的那个人，却做出这样令我无法接受的事情。她难道不知道，她的一念之差，对一个母亲，对一个家庭，造成的将是多大的伤害？而对这个孩子本身呢？世上没有永远的秘密，总有一天她会得知真相，那个时候，她的世界将有怎样的崩塌。记忆中她给出的爱对我的好有多么幸福，此刻统统化作万箭穿心。

她教我要做一个善良的孩子，明辨是非对错，懂得珍惜，懂得爱，可她却如此残忍，如此地，丧失一名作为医生的职业道德。

我无法接受，亦无法原谅。

闭上眼，此刻连眼泪都已经无法流出。

06 >>>

夜已经很深，我悄悄地起身，从黑暗中穿过，开门出去。我无法在这个屋子里安心入睡，躺在床上，脑海里她的好与那残忍的真相反复交缠，耳畔响起纪睿离开我房间时的话：“你生母将起诉……”后面的话他没有说，再不懂法律，也清楚一名职业医生偷抱婴孩的罪责有多大。

凌晨的街道异常安静，昏黄路灯将影子拉得老长，寒意袭人，我紧了紧衣服，漫无目的地在街上游走，没有地方可以去，也没有想去的地方，脑海里乱糟糟一片。

不知道走了多久，只感觉到越来越冷，迎面而来的一阵喧嚣忽然将我从神游状态中吵醒，回过神时，我尖叫一声，望着一步步团团朝我围拢过来的小混混，阵阵刺鼻的酒味扑面而来，我颤抖着使劲推开一个已凑到我跟前试图往我身上靠的男生，不要命地往前跑起来，一直跑一直跑，直至身后没有一点动静，才一屁股瘫坐在地上，痛哭失声。

直至这个时候，恐惧才一点点朝我袭击过来，扭头回望空荡荡的街道，只有寥寥车辆偶尔路过，不见一个行人，昏黄的路灯恍惚似鬼魅，我掏出手机，手指翻飞，蔚蓝，关机，青稞，关机，亚晨，关机……听着话筒里一遍又一遍机械而冰冷的提示音，我心里的恐惧一点点扩增，手指停在江离的名字上，犹豫了片刻，摁下去，竟然……接通了。

“西曼?”在我快要放弃的时候那端传来江离的声音,没有一丝迷蒙睡意,见我没有出声,他急了:“西曼是你吗?怎么了?”

“喂，西曼，你说话呀！”

“西曼……”

“是我……”听到他一声急过一声的声音，我好不容易止住的泪再次崩溃，泣不成声。

很久之后想起我与江离之间的点滴，似乎总是在他面前掉眼泪，总是让他看见我最脆弱的一面，最难过最痛苦的时候，也总是他在身边，借一个怀抱。

江离赶到的时候我已经哭得体力透支，吹了寒风，头痛欲裂，直接发起了高烧，意识有点模糊不清。

被他抱起来时，我微微睁开眼，看到他脸上焦急与心疼的表情。

“你呀，怎么总是这么不会照顾自己呢……怎么总是令人担心，令人心疼呢……”

我想跟他讲一句话，可是实在没有力气了。

迷迷糊糊的，我想起在很久很久以前，有一个男孩也曾用这样轻柔宠溺的声音对我说过相同的话，他说，西曼呀，你怎么总是这么让人担心呢……那个男生有清冷动听的嗓音，有一双巧手，一双会笑的不羁的眼睛，可是，我已经好久没有听到过他的声音了，好久没有听到他说，西曼呀……

是幻觉吗？我怎么好似听到了夏至的声音？

嗯，一定是幻觉，太过想念所致的幻觉。

第九章
/
选择

[A和B，左和右，爱情和友情，道义与情感……从出生到生命的终结，那么多让人无法逃避的选择题，造就了生命中一桩又一桩令人心伤的遗憾。]

01 >>>

我做了一个冗长的噩梦，梦境里是一片茫然无尽头的惨白光线，没有色彩，没有风景，没有人影，也没有声音，死寂荒芜。我看见自己赤足走在大片刺眼的光线里，一直走一直走，漫无目的不知疲倦，不知过了多久，眼前忽然出现一条熟悉的河流，那是在梦里曾出现过无数次的河流，蜿蜒绵长的河岸线，水面波光微弱，平缓的河水在暗夜里轻轻流动，刺骨的寒风席卷而来，河堤的尽头，我似乎隐约看见一个朦胧的身影，背着画架的少年正驻足回头，向我招手，清冷动听的嗓音仿似一道魔咒："西曼，过来……"

"西曼，醒醒，醒一醒。"有声音将我从梦境中拉回来，迷蒙地睁开眼，看见一张充满担忧的脸。

视线渐渐清晰，苏灿坐在我身边，正拧了毛巾给我擦拭额上细密的汗珠，我偏头打量，雪白房间雪白被单，原来是在医院里，房间一角的沙发上，蔚蓝与青稞各占一端，蜷缩着身体，彼此的双脚缠绕在一起，睡姿奇差。

"好点了吗？"苏灿摸了摸我的额头，"烧似乎退了很多。"

"苏姐姐……"开口才发觉喉咙火烧一般痛，干涩得仿佛落满了灰尘，"水……"

苏灿拿起床头柜上的水递到我嘴边，“难受就先别说话，乖。你可把我们吓死了，知道吗，你已经昏睡了三天。谢天谢地，终于醒了。”

三天，有这么久了……看着苏灿一脸疲惫的模样，眼角周围布满黑眼圈，她这三天一直在这里陪我吗？

“前天是蔚蓝，昨天是青稞，今天我来换班，让这俩丫头回家睡觉，死活不干，啧啧，你看这睡姿丑得……”苏灿似乎知道我在想什么，笑着说。我知道她故意调节气氛，望着沙发上两个双脚扭在一起的人，心里潮湿得想落泪。

有闺蜜如此，此生足矣。

大概是被我与苏灿的声音扰了清梦，蔚蓝一个猛翻身，腿一踹，“嘭”地一声重响，睡在外面的青稞应声落地……

“谁踹老娘！”青稞揉着脑袋坐在地板上，闭着眼睛怒吼一句，蔚蓝受惊，猛地弹起，迷迷糊糊地望着青稞，伸手拉她：“啊，不好意思啊，我以为是我们家噗噗（蔚蓝家养的萨摩耶）又爬到床上来了呢。”

“哈哈哈。”苏灿忍不住大笑起来，我也跟着笑起来。

“西曼，你醒啦？”青稞扭头，顾不得揉脑袋，跳起来扑到床上，一把熊抱住我，“再不醒，老娘真想踹你几脚把你给踹醒！”

蔚蓝坐过来伸手探探我的额头，又探探她自己的，“嗯，似乎退烧了。”

“对不起，让你们担心了。”我低了低头。

“我们都听说了。”苏灿轻轻说，“西曼，现在什么都别想，先把身体养好再说吧。”顿了顿，她又开口：“你妈妈也病倒了，就住在隔壁。你生母来看过你，本来她想照顾你的，可我觉得你们暂时先别见面比较好。”

我点点头。

让苏灿她们都回家睡觉之后，我披上外套走到隔壁病房，房门虚掩着，迟疑地伸手，最后还是没有推开。我踮起脚尖，透过门上透明的小窗口，看到床上的人正安静地睡着，可眉毛却深深蹙起，隔着小段距离，看不太真切她眼角那条隐约的痕迹是不是泪痕。纪睿趴在床上，手紧紧握住她的手。

心里浮起细密的难过，原本此刻他们应该在度蜜月的旅途上，享受海岛温暖的阳光与碧海蓝天。可生活永远如此充满了嘲讽，一夕之间，天翻地覆，什么都变了。大抵美好的东西，往往都是这样虚浮不定。

我与她，只隔着一扇门的距离，为什么心里感觉隔了万水千山，天涯海角。

这个冲击太大太大，大到摧毁了我一直所相信的美好世界。对不起，我终究不能走出自己的心结，心无芥蒂地扑到你怀里，亲切地喊一句“妈妈”。

至少此刻不能。

02 >>>

我身体其实没什么大碍，高烧加之染了风寒引起体虚昏迷，醒过来之后烧就慢慢退了下去。蔚蓝说我昏睡的这两天似乎一直在做噩梦，嘴里呢喃着些什么，可又听不清楚。那些梦境我也记不清了，只一个熟悉的声音依旧那么清晰，犹在耳畔。我认得，那是夏至的声音。我已经很久很久没有做过那个关于他的梦，这些日子以来，事情一桩接一桩地发生，我分不出精力再做无谓的寻找，甚至一遍一遍告诫自己，他是真的不要我了，翻遍全世界也找不到他了。不知道为什么，渐渐地我竟然连怨恨他的情绪都退却，只想把他藏在心底深处，与我们之间有过的美好记忆一起。

因为我渐渐明白，有些事情，任你怎样努力，始终无能为力，无可扭转。

蔚蓝帮我向学校递了一个星期的病假条，放学后会将当天功课的笔记抄得工工整整地给我带来。她打趣说，你知道我成绩不好，也不太爱听课，为了帮你抄笔记，我可是打起十二分精神，只差头悬梁锥刺股了！

看着她夸张的模样，真是既好笑又感动。

出院之后，我从家里搬到了苏灿那里。本来蔚蓝让我搬去跟她住，但一想到她家里的气氛，遂作罢。苏灿独居在书吧，没有长辈，毕竟方便很多。

整理东西的时候，妈妈站在门口良久，欲言又止。这些天，我跟她说的话不超过十句，很多次她见了我，蠕动嘴角，可最后什么也没说。

我们都太了解对方，都明白，此刻再多的解释都无用。纪睿将妈妈拉回卧室，然后走进我房间，轻声说："搬去与朋友住也好，你需要时间平复。"

他不愧为心理医生，我感激他没有为了妈妈来做说客。

"不管在哪儿，都要好好照顾自己。现在学习也是关键阶段，不要分心。"

我点点头，背着包走到门口又顿住，僵了片刻，没有回头地说："好好照顾她。"

苏灿原本想给我再支个临时床，我说："算了，如果不介意，我跟你挤一挤吧。"小时候经常跟蔚蓝头挨着头睡，蔚蓝的睡姿奇差，又爱乱动，大半夜如果醒来，她的双腿总是搁在我身上，死死地抱着我手臂，像个树袋熊般。我抱怨她睡姿不好拒绝跟她一起睡，她就摇着你手臂撒娇，姐姐姐姐的叫得甜腻死人，我总是败下阵来。

入夜，与苏灿并排躺在床上，却怎么也睡不着。

“是不是认床？”苏灿侧身问。

“没有。”

“还在想那些事情吗？”

“嗯。”我在黑暗中轻轻点头。我也不想想，可做不到，真的做不到。那些事情像是自动写入的病毒代码一般，怎么都撇弃不了。

“西曼，”苏灿轻声叫我，迟疑地问：“你会跟你生母一起生活吗？”

沉默。

“我不知道。”很久，我才讷讷地答。不知道不知道一切都不知道，思绪乱糟糟一片。

“不管做什么样的选择，我希望你不要勉强自己，遵从自己的内心。”她叹口气，“虽然这很难。”

是呀，很多时候，生活呈现给我们的，并无选择的余地。

就好比此刻，我还没有做好面对亲生母亲的准备，却不得不向她走过去。

学校门口来来往往的行人，她站在大门口，颜色鲜亮的衣裳令她看起来比上次见面又年轻了许多，她应该是那种很会生活很会装扮自己的人。见我走出来，老远便向我招手。我顿住脚步，怔怔地望着她扬起的笑脸，蔚蓝扯扯我的衣袖，说：“过去吧，需要我陪你一起吗？”

我摇头，慢慢朝她走过去。

安静的咖啡厅里，她优雅地搅动一杯热拿铁，一点也没有前几次见她时那种茫然。她抬眸，关切地问我：“身体好点了吗？”

我点了点头，面前的饮料与糕点很诱人，可我一点胃口也没有。

“西曼，我会尽快帮你办理移民手续，你爸爸这两天将飞过来。”她不是在征询我的意见，用的是陈述句是肯定句。

移民么……从前对我来讲，这是多遥远的一桩事，想都没有想过的，如今却似乎轻而易举就可以实现。

她伸手拉过我的手，眼里雾气弥漫：“上天怜悯，才会在我失去珍妮之后，把你送回我身边……”

我心里一酸，所有因她出现而在我生活中掀起狂澜的坏情绪，在此刻溃不成军。是呀，她一点错也没有，她只是先后两次痛失爱女的母亲。虽然十八年来，她对我来说十分陌生，可她是给予我生命的人。

我反握她的手，对她展露出一丝笑容。我犹豫很久，终于开口同她说：“可不可以拜托你，不要对……她起诉……”说完，低头，不敢看她的脸色。我知道这个要求对她来说，大概有点强人所难，如果换作是我，无论如何也咽不下这口气与带来的伤害。可是，能不能让我自私一点，我只是想保护住我想要保护的人，不管她做了什么，她都养我爱我十几年。

“我……答应跟你去法国，但是得等我念完大学。”

此话一出，我心里已经做了选择，她一定不知道，这个选择对我来说有多么艰难，短短几个字，却如此沉重，于情于理我都得跟生母走，而且为了保护妈妈，这是我唯一的选择。

“我答应你。”她轻轻说。

“谢谢。”

“西曼，”她望着我，有点忐忑地说：“你……可不可以喊我一声妈妈？”

我蠕动嘴角，嘴唇一张一合，可终究还是抱歉地低头，说：“对不起……”

对不起，原谅我暂时无法将那个神圣的词轻易喊出来，对不起，请给我时间，让我与你亲近。

03 >>>

回到书吧时，坐在吧台后面守店的竟然是江离，他正埋头在电脑前玩一款单机小游戏，见我回来，一边退出游戏页面一边抱怨：“再不回来我要饿晕了！”

苏灿有事外出，让江离过来帮忙看店，顺便帮我做晚饭。真令人汗颜，苏灿老把我当成需要照顾的小丫头，尤其是搬来与她同住的这段时间，见我精神状态不是很好，更是特别细心地照顾着，她平时不怎么爱做饭的，自从我来之后，每晚都亲自下厨，弄两菜一汤，还每顿不重样。

偶尔蔚蓝与青稞过来蹭饭，吃完拍着肚子都不想回家了，嚷嚷着说，苏姐姐手艺好赞，西曼你真是好口福。然后闹着要在这里打地铺，四个人正好凑一桌麻将。

晚餐江离做的是意大利面，看着一盘孤零零的面我故意抱怨说：“喂，你偷懒吧？就一盘面？你这保姆做得可不合格呢！”

他一边大口塞面，一边老气横秋地教训：“小朋友，挑食可不是好习惯！再说，你看看，你看看，这面做得多么具有艺术感啊！”他伸过勺子，当当当地敲我的碗沿。

确实，他用西兰花与胡萝卜雕出漂亮的花纹点缀其上，比上次在我家里做的好看多了。

饭毕，江离提议去阁楼上的天台吹吹风，我一边抱怨寒风冷冽有什么好吹的，一边还是跟着他爬上了小天台。大概是远离闹市区的缘故吧，头顶的夜空显得安静而辽阔，不远处的大学城区域灯火星星点点，少了五彩霓虹的妖艳，多了一分静谧。

“西曼。”江离的声音很轻，淡淡的，暖暖的。

“嗯。”

“我很开心珍妮有你这个妹妹。”提起珍妮，他的声音忽然如沾了寒冬夜色中的湿气。

我趴在水泥栏杆上望向远方的灯火，不知该如何接腔。沉默了片刻，他又轻声说：“换作任何人，都一时难以接受这样的事实，可是西曼，”他侧身对着我，“你为什么不能抛弃你心中所谓的道德标准，只想着单单纯纯的爱呢？虽然你妈妈一念之差做了令人无法接受的事情，法律可以光明正大地宣判她的罪恶，可你的情感之尺为什么也要如此苛刻地宣判她？”

这才是他今天来的目的吧。

“西曼，生命真的很短暂，能与自己爱的人多一分一秒的相处，都是上天给予的恩惠……”一声轻不可闻的叹息声飘进我耳中，我诧异地转头，他怎么了？语调如此哀伤，神色也是。我望着他，被他那句 “生命真的很短暂，能与自己爱的人多一分一秒的相处，都是上天给予的恩惠” 击中，想起当初被告知妈妈的病情时的惶恐与害怕，那一刻铺天盖地的眼泪与仓皇失措……顷刻间，这些天来压抑在胸口的郁结似乎一扫而光，缠绕如乱麻的思绪豁然开朗，是呀，比起真心实意的爱与越来越少的相处日子，有些事情，真的不是最最重要的。

这样一个简单的选择，却令我纠结了这么久，令妈妈伤心，令身边爱我的人担心。

“江离，谢谢你。”心中顿时如放下一块沉重的大石。

一阵寒风呼呼地刮过来，我哆嗦了下。我体质属阴寒，最怕冷，每到冬天便手脚冰凉。

忽然，脖子上一暖，侧头，江离解开他脖子上的长围巾，在我脖子上绕了两圈，毛线的温度混淆着他的气息在我鼻端弥漫开来，而脖颈上的同一条围巾令我们靠得好近好近，近到能清晰听到他的心跳声，他细微的呼吸。明明灭灭的灯光下，看不清他的神色，但侧头看我那一秒他的眼神在暗夜里是那么明亮，仿佛漫天的星光。

我脸颊蓦地升腾出一丝红晕，心开始怦怦跳得好快，下意识地伸手去拉围巾，手指却忽然被他拉过去，缓缓握紧在掌心，然后塞进了他的大衣口袋里，他掌心的温度传递到我指端，我望着他的侧脸，思绪又开始模糊一片，似曾相识的场景，似曾相识的感觉……曾有一个男孩，也是这样，喜欢将我冰凉的手指紧紧握在掌心，然后塞进衣服口袋，将他的温暖传递给我……

“你怎么哭了？”江离被我满脸的泪痕吓着了，慌乱放开我的手，可是缠绕在一起的围巾令他一时无法后退，我仰头望着他一脸焦急带着些许慌乱的神色，那一刻问出的话完全没有经过大脑，一边流泪一边傻乎乎地问：“你是夏至对不对？你是夏至，你是夏至……”

“西曼，”江离抓紧我的手臂，眉毛微蹙，“你看清楚，我不是你口中的那个人，我是江离！”他的语气忽然变得很不好。

我凝望着他，泪水纵横。

他最终叹口气，将自己脖子上的围巾摘下，全部缠在我脖子上，侧过身去，不再看我。

三番两次被人当成另一个人，是很尴尬也很困扰的一件事吧。

我忽然想起很重要的一件事，擦开眼泪，拽起江离的手臂便往楼下跑，他也没有多问，只任凭我拉着往街边去拦的士。出租车一路往东，很快便抵达我家。

客厅里漆黑一片，房间里空荡荡冷冷清清，分明才离开几天，却感觉像是已经好久好久。妈妈已经搬去了纪睿那边，搬家那天她到书吧找过我，两个人对桌而坐，却相顾无言，不知道该说什么，她只不停喝苏灿泡的咖啡，头微微低垂，整个人瘦了一大圈，黑眼圈很重，精神也不太好的样子，我心里很难过，却始终都无法开口喊一句妈妈。喝完那杯咖啡，她将一个信封交到我手上，说："装了一些零钱，存折上的那笔钱原本是给你结婚用的，现在……我先拿给你……如果在这里住得不习惯，还是回家住吧，我搬去你纪叔叔那边。"

她离开之后，我看着存折上那笔庞大的金额，想起这些年她那么拼命地工作，薪水并不富裕，小半生都省吃俭用，努力想为我创造好一点再好一点的生活条件，抱着那个沉甸甸的信封，忍不住蹲在墙角号啕大哭起来……

拧开客厅的灯，让江离随便坐，跑到卧室拉开衣柜，将那幅藏在柜子最深处的油画搬出来，抱到客厅，缓缓地解开包裹它的白布……我似乎听到一声细微吸气声，目光转移到江离身上，如我所料，他神色如同我当初在美术馆看到他那幅《珍妮》时一般震惊，满脸不可思议。

"这画中的人是我。"我轻声说。

"是夏至画的。"

"他失踪了，这幅画是他留给我最后的礼物。"我双手掩面，我以为时间过去这么久，能够泰然自若地陈述这个事实，可发觉自己的声音依旧无法镇定。

寥寥数句，足以将所有的故事勾勒出，所有的误会解释清。江离过了许久才回过神来，望着我似乎是对我说又似乎是喃喃自语：“怎么会……”

这样近乎灵异的事情，我也百思不得其解，也很想得到一个答案。

我从钱夹拿出夏至留在这里唯一的一张照片，递给江离：“你见过他吗？”

他摇头。

我最后仅存的希望，也在他的一摇头里落空，我垂眼，夏至，是不是此生我再也找不到你了？

“这个世界真的很奇妙，比如我跟珍妮，以那样的方式见面，冥冥中原来真的有所牵连。比如你的画与夏至的画，或许，或许……你们也是失散的心有灵犀的双生儿呢。”说着说着，我自己先笑起来了，那样的可能有吗？我不知道，也不想去揣测了，忽然间感觉到好累，如果很多事情注定无法得到答案，那么不如装作什么都不知道，不要好奇，也不要去费尽一切心思揭开或许我们并不想要，只会带来伤害的结果。活得简单纯粹的人，才更容易快乐幸福吧。

“你很爱他。”江离忽然说。

我偏头，不语。

“你现在还爱着他。”他又说，不知是否是我的错觉，我在他声音里竟然听出酸涩，以及淡淡的失落。

我不知道该如何回答他，在遇见他之后，在经历这么多事情之后，我还爱着夏至吗？我只知道，他始终在我心底，未曾离去，是独一无二的存在。

我真的很讨厌自己的迟疑与模糊，曾经的我，爱就是爱，不爱就是不爱，分明清楚，不会像现在这样迟迟疑疑，连自己都无法明白自己的心。

到许久之后，我才明白过来，我不是不清楚自己的心，只是唯独在江离面前，我无法清醒地直面自己内心最深处的感情。

“抱歉，我想我没办法再送你回书吧了，你今晚留在这里吧。我会给苏灿打电话的。”良久的沉默过后，江离起身离开。

我望着他离去的背影，灯光将他的影子拉得长长的，单薄而寂寥，我想开口喊他，嘴角蠕动却终究发不出那两个字节，蜷进沙发里，抱紧膝盖，道不清言不明的细微难过一点点漫上心头。

04 >>>

那之后，有很长一段时间我没有再见过江离，给他发短信没有回复，电话始终处于关机状态，问苏灿她说她也不太清楚。

这个时候才发觉，我对他根本不了解，除了姓名年龄电话知道他画画，其余一切，都那么陌生，可感觉又是那么熟悉，我们一起经历了那么多事，最难过的时刻都是他陪在我身边，安慰我，鼓励我，借我肩膀哭泣。在书吧天台上的那个夜晚，围巾的温暖与他手指的温度，那么真切又恍若一场梦。我一点也不喜欢这样的感觉，闯入我的生活却又忽然离场，连一声告别都欠奉，真的很讨厌。

夏至如此，他也如此。他们都是那样自私的人，将我的生活搅乱之后，却留我一个人在这场混乱里不知该如何收拾残局。

那种茫然若失的感觉再次席卷而来，我不知道这是不是就是喜欢。我更加不清楚，一直以来，我喜欢的是他身上有着与夏至相似的感觉，还是，他那个人……

不久之后，我从苏灿那里搬去了纪睿的家里。

妈妈见到我那瞬间，眼泪无声崩落，那是我长这么大第一次见坚强的她流那么多的泪。我走上前，轻轻地抱着她，眼泪也跟着轰然跌落在她肩头，附在她耳畔哽咽地说："妈妈，对不起，妈妈。"

那一刻，一切都变得不重要，我只想抱着她，紧紧地抱着她，就像小时候晚上做了噩梦，跑到她的卧室里，钻进她的被窝里，紧紧地抱着她的腰，蹭在她腰间哼哼唧唧地带着眼泪再次进入梦乡，却不再害怕。

我的生父抵达的那天，这座城市迎来了冬天的第一场雪，飘飘扬扬下得很大，一片片如轻盈的鹅毛般在空中打着转，落在路人的肩头。我与母亲一起去接机，见到她的时候，我依旧无法开口喊一句妈妈，但她挽我手臂的时候我没有拒绝，并肩走向机场大厅的短暂路程，偏头望见她嘴角上扬的弧度，她满足的模样令我心头浮起一丝暖意。

父亲跟我想象中的不一样，他没有纪睿的风趣，也没有泛黄旧照片中爸爸在我记忆中的那种亲切感，整个人不苟言笑，清冷的眼眸中透出一股生人勿近的情绪来，我有点慌乱地站在母亲的身边看着他朝我们走来，不知道如何开口叫他，只得微微垂下头，他却自然地拍了拍我的肩膀。

当晚，纪睿做东，请父亲母亲一起吃晚餐，算作接风。那顿饭吃得很怪异，包厢里大多时候都是沉默的，任纪睿怎样拣话题来调节气氛，却始终尴尬。妈妈自始至终一脸愧色，头微微低着，讲话的声音都低了好几分，想说些什么又觉得说什么都没立场，只一杯一杯敬父亲母亲的酒，她酒量不太好，又有病在身，我想过去拦她，却被纪睿拉住，轻轻摇头，他眼神里的意思我懂，大概唯有这样，她心里的愧疚与罪恶感才会好受一点点。

饭局最终以妈妈喝醉告终，回家将她安顿好后，我与纪睿坐在阳台聊天，他煮了一壶碧螺春，给我倒上一杯，热气蒸腾的香浓茶水滑入喉咙，身体都跟着暖烘起来。天空中雪花依旧在无声地飘落，偶有几朵随夜风卷进阳台，在橘黄色光芒下宛如轻盈的小精灵，在空中打几个转，缓缓跌落。

望着寂静浓黑的夜，我轻轻开口："我可不可以不跟他们去法国？"

那个遥远的国度对我来说是那么陌生，我不懂法语，英文也不好，讨厌吃西餐，更重要的是，那里没有我爱的人，妈妈、蔚蓝、青稞、苏灿、亚晨……要找谁分享我的喜悦快乐，难过的时候又该找谁分担？

"西曼，很多时候，我们并无选择。"纪睿低低的声音伴随着一声轻叹，如同天空中轻盈飞舞的雪花，落在我心间，凉凉的。

选择……

没有哪个时候比现在更让我痛恨这两个字。A和B，左和右，爱情和友情，道义与情感……从出生到生命的终结，那么多让人无法逃避的选择题，造就了生命中一桩又一桩令人心伤的遗憾。

如果可以，我宁肯生命中永远只有一条笔直的路，没有分岔点，只有唯一的一个答案，那么是不是就不用面对那种做出选择的痛苦？

05 >>>

住在纪睿家里什么都好，除了面对纪元宏。见到他，我忽然理解了蔚蓝，如同她对江离毫无缘由的不喜欢一样，我对纪元宏也是这个感觉。我讨厌，不，或者说害怕他。青稞说他只是冷漠，不太好与人相处，可不知道为什么，打从第一眼见到他，我便觉得他带着股阴郁。人与人之间大概真的讲究点磁场，我只能想成是我与纪元宏的磁场不对盘。我不知道青稞究竟看上他哪点，爱得那么疯狂，甚至卑微，可爱情，从来都说不清道不明。

纪元宏念的是职高，从入学那天起就没有住在家里，开始的时候他骗纪睿说住校，可后来因频频翘课又在学校惹是生非被老师叫去，纪睿才发觉，原来他压根就没有住宿舍，而是在外面租了一间房。从那个时候开始，他没有再问纪睿拿过生活费，找各种各样的兼职，酒吧DJ，KTV、台球俱乐部的服务生等等。也是从那个时候开始，纪睿再也管不到他。

“作为一名心理医生，再出色又怎样？却连自己儿子的心门都敲不开。”纪睿自嘲地说，顿了顿，他的语气低下去，“不怪他，始终是我亏欠了他，以及他母亲。西曼，你们年龄相仿，如果可以，你多与他交流好吗？”纪睿充满无奈的请求令我心里有点儿难过。

我不知道他们父子之间到底有着怎样无法解开的心结，但为了纪睿，为了妈妈，也为了青稞，我愿意试一试。

令纪睿开心的是，自从我与妈妈搬到他家之后，纪元宏竟然也搬了回来，妈妈也很开心，他搬回来的那晚，她下厨做了一大桌的菜，一个劲地往他碗里夹，纪元宏没有像第一次见面那样将菜丢出来，而是笑着说了声“谢谢”。

我正坐在他对面，他那一笑一句谢谢，不禁让我端着碗的手抖了一抖，我发誓，不是我眼花，他嘴角勾出的那抹笑一点温度都没有，反而有点咬牙切齿的阴鸷，令人毛骨悚然。

可妈妈却因为那句“谢谢”心花怒放了整个晚上，之后每天都费尽心思变着花样研究各种新鲜菜式。

在我还没有想好要怎样心无芥蒂地去了解纪元宏时，他反而主动跑来向我示好。周一早上去学校的公交车总是特别难等，寒风乍起，我抱紧手臂在公交站牌下来回走动，不停跺脚来抵御寒冷，却一点用处都没有。足足等了二十分钟都没等来车，快要到上课时间了，我既冷又心焦，正考虑是否打车时，一辆眼熟的摩托车停在我面前，车上的人没有摘安全帽，只露出一双冷漠的眼睛，望也没望我地递过来一顶安全帽，声音跟这天气一样冰凉没有温度："上车。"

我蹙眉，反感他命令式的语气，也冷漠地回道："不用。"

他偏头，不耐烦地瞪我一眼，"这个时间段你以为可以打到车？"顿了顿，他忽然微微倾身靠近我耳畔，缓缓地，一字一句地说道："再说了，你妈一定很开心我送你去学校吧，我、亲、爱、的、妹、妹！"最后那句话仿佛从牙缝里蹦出来一般，冷冰冰的。

我接过安全帽，坐上摩托车后座，纪元宏发动油门，他的车技很好，只要有一点空隙，他都可以穿插过去，好几次吓得我想尖叫，同时却又有点享受这样的小刺激。寒风从耳畔呼啸而过，车流声人流声汇聚成一曲喧嚣的交响乐，看着倒退着一闪而过的城市风光，建筑群落、广场喷泉的水池、路旁的各种树木与绿化丛、提着购物袋或公文包穿越斑马线的人群……这样平凡却充满人情世俗的一个早晨，忽然让人觉得好迷人。这是无论坐多少次公交车穿越相同路线都无法感受的情愫与氛围，这样美妙的小感受令我放松了对纪元宏的警惕，心情随之开阔起来，原本向后抓住车尾的双手缓缓地伸向他的外套，慢慢捏紧他的衣摆，不知是风太大晃了眼睛还是我的错觉，我感觉纪元宏的身体似乎一僵，试图往前靠，我的手指却紧紧地揪住他的衣摆不放，他也便没有再往前倾。

我想，既然决定要好好相处，那么就由我主动一点儿吧，男孩子自尊心有时候比女生更强，又好面子拉不下脸。或许，他并不如表面上那样令人讨厌呢。为了纪睿与妈妈，为了青稞，我应该抛下对他莫名其妙全凭第六感而来的坏印象，给彼此一个了解的机会。

如此想着，在下车的时候，我第一次对纪元宏展露出真心实意的笑容，对他真心实意地说：“谢谢。”

他接过安全帽，什么也没有说，只是深深地看了我一眼，那一眼隔着安全帽透明的防护罩，我没有看太仔细，他已经一溜烟将车骑出了好远。

我目送他离去的背影，说再见的手势还扬在空中，嘴角噙着笑，心里带着一个坚定的信念，我与纪元宏的关系，一定会得到改善，我们一定可以做朋友，甚至或许可以像真正的兄妹那样友爱相处。

而这个过程，不管花多长时间，我都愿意去尝试，去等待。

那个时候，我是真的这样想。

第十章

/

暗黑的影子

[爱是自我的，爱是自私的，因此爱也会抹上暗黑的影子。]

01 >>>

这个冬天比以往任何一个都要寒冷，阳光鲜少露脸，天空阴沉一片，深重的铅灰色令人压抑与寒凉，呼啸的风如号丧一般从青河边卷向城市中央，行人步履匆匆，整张脸蜷在高耸的大衣与厚重的围巾中间，瑟瑟地前行。

我坐在青河附近一家有着落地玻璃窗的咖啡馆等那言，尽管店内空调很足，我依旧感觉到手脚冰凉，握着手中的咖啡杯汲取热量，醇厚的咖啡香味缓缓地飘入鼻端，令人迷醉。

十分钟后，那言的身影出现在门口，此刻咖啡馆内的人较少，他一眼便望见靠窗而坐的我，冲我扬了下手，然后侧身对旁边的服务生低声说了两句，服务生了然地点头，然后朝吧台走去。他大概是这家咖啡馆的常客。

“你瘦了，西曼。”那言看着我说。

他的目光专注又温柔，我不好意思与他直视，只得故作轻松地摸着脸颊说：“是吗，我都没有感觉到呢。”

自从上次搭了他的顺风车后，我们很久没有见过面，其间他有发过几次短信，约我一起吃饭，在我苦恼以怎样的措辞拒绝比较不伤他面子的时候，他又赶紧追加了一条过来，如果没有时间就下次吧，学习为重。

我知道他其实是怕拒绝，为自己找个台阶，我也乐得以此为借口，所以才有了一次又一次的下一次。因为苏灿的缘故，我并不想与那言有过多的交集。

这次是我主动找的他，因为江离。这是他消失的第二十天。或许是我小题大做了，我也深知就算是再好的朋友也没有事无巨细交代的责任，可在经历过夏至的不告而别带来的忐忑不安之后，我真的很不喜欢生命中的人忽然不告而别。

可那言说，他也不知道江离去了哪儿。

“那小子，经常一个人偷偷地跑东跑西，没准此刻在哪个阳光明媚的地方晒着太阳写生呢。”那言抿了口咖啡，笑着说。可我却在他的笑容里捕捉到些微异样的情绪。

我也没多想，转念又沉溺在自己的情绪里，那种想见某个人却见不到的小失落小仓皇小悲伤里。最后一次见他那晚，他离去时寂寥的背影一直在我眼前晃荡，我想或许是我太在乎自己的感受，从而忽略了一而再再而三将他当作另一个人来依赖时他是否会受到伤害。我欠他一句抱歉。

“如果江离与你联系，请转告他，让他给我打个电话。”我抓过包，起身。

“西曼……”那言站起来，欲言又止。

“嗯？”

“没事，我送你回家。”

正想拒绝，手机响起，是青稞。

“西曼，等下来‘谜底’吧，我叫了蔚蓝、亚晨他们，今天不是平安夜嘛，咱们好好聚一下！”

“喂！你在哪儿呀，声音怎么那么怪？”我蹙眉。

“哈哈，跟你哥在飙车呢，风中讲电话的感觉爽死了！不多说了，待会儿见！”她干脆利落地切断了电话。

我满脸黑线，我哥……她倒叫得挺顺口！

自从青稞听说我跟纪元宏的关系那一刻起，就兴奋得跟打了鸡血似的在我家沙发上滚来滚去，大声嚷嚷着：“西曼，你说我们怎么就这么有缘分呢！”

蔚蓝就说她，“青稞你得了吧，你在想什么我还不知道吗？有西曼这样一个小姑子，你是该乐得打滚。”

青稞爬起来叉腰挑眉，丝毫不羞涩地拍着脸颊说：“哎呀，被你看出来了呀？有这么明显吗？”

蔚蓝捏着她的脸：“都刻在脸上你说看不看得出来……”

我哭笑不得地看着青稞与蔚蓝你一句我一句地一唱一和，心想青稞想得也太远了点吧？她在人前从来都不扭捏对纪元宏的爱，很多次都大大咧咧地以人家媳妇自居，朋友们起哄笑她说都还没嫁呢就先给自己扯名分。她也不生气，大声驳回去，反正迟早要嫁的！

后来有一次青稞与我一起睡，她枕在我肩头低声说：“西曼，你一定不知道，我多么渴望有一个家，属于自己的真正的家，不需要很大的房子，但是一定要温馨，最重要的是里面有一个我深爱也爱我的男人，两个人一起做饭，一起看电视，一起洗碗。我还想要一个孩子，最好是女孩儿，我会把她当成这个世间最重要的宝贝来疼爱，给她我所能给出最好的爱……

“西曼，我觉得我已经遇见了那个想要一起住在那间房子里的男人。他或许不够好，他冷感，他坏脾气，他欠缺耐心，他从来不送我礼物，也从来不对我讲甜言蜜语，或许他永远也不会跟我一起挤在小厨房里并肩做饭，可是，我爱他，那么那么爱，这就够了。”

最后她说：“西曼，我知道你对纪元宏有成见，但可不可以为了我，与他好好相处？”

我心疼地搂着她的肩膀，极力隐忍住自己不去抽动鼻子，以免让噙在眼眶的泪水滑落下来。

我说，我答应你。

青稞往我身边又靠紧了点，撒娇地抱着我的手臂大声说：“谢谢小姑，让我们以后做姑嫂无战争并且亲密无间的标兵！”

原本煽情感伤的气氛立即被打破，我伸手一把推开腻在我身上的青稞，笑骂道：“你这颗人尽皆知的恨嫁的心哟！”

那之后，青稞一直肉麻地喊我小姑子来小姑子去的，还逼着我叫她嫂子，当然，她是从不敢当着纪元宏的面这么闹腾的。蔚蓝老取笑她就是一个“闷骚的恨嫁女”。

02 >>>

最后还是让那言开车送到了“谜底”，平安夜的出租车实在太难等，虽然天寒地冻，可大街小巷依然充满了热烈的节日气氛，音像店与临街的店铺里飘出经久不衰的圣诞歌曲，热闹喧腾，令寒冷的气息都似乎降低了许多。

一路上塞车严重，平时一刻钟的路程竟然花了近四十分钟，下车时说了句“谢谢”，又觉得耽误了那言很长时间有点过意不去，便说：“如果你没有约会，不如参与我们的聚会？”

走进酒吧，我们聚会时常坐的那个角落小包厢已经坐满了人，见到我与那言并肩走过去时，大家都愣了下，青稞正举着一瓶啤酒与亚晨玩猜拳，停下来侧头冲我挤眉弄眼，我没理她，看向她旁边的苏灿。酒吧略显迷蒙的灯光下看不太清她的表情，她只抬眸朝我与那言望了下，很快便低下头去。她黯然的神色令我心里一紧，怪自己想得不够周详，或许不该叫那言一起进来。

来了两个新面孔，青稞笑着一一做介绍，是纪元宏的哥们儿。我有点儿不解，朋友间的小聚会怎么还叫了陌生人呢。抬眼打量对面的纪元宏，他依旧那副冷漠的样子，一口口地灌着啤酒，也不与人打招呼，连自己的哥们儿都是青稞在招呼着。

“蔚蓝还没过来吗？”我问。

“她晚点儿过来，家里似乎有事。”亚晨说，眼神却带着些许的敌意瞟向我身旁的那言，他从来就不喜欢那言，每次见面总没什么好脸色。

我叹了口气，要求与亚晨换个位置，坐到了苏灿身边，举起酒杯轻轻与她碰了下：“平安夜快乐。”

她笑：“平安喜乐。”

可那笑容在我看来好勉强，自那言进来的那一刻起，她便默默地埋头喝酒。我靠近她一点，头轻轻搁在她的肩膀，说：“苏姐姐，我找那言是为了打听江离，没别的意思。”

我从来就不喜欢与人解释，可我更不愿意让苏灿误会，让她不开心。

苏灿愣了愣，伸手揽过我的肩，语气里带了沮丧：“抱歉西曼，我没能控制住自己的情绪，我……”

“我明白。”我打断她。

这世间最藏不住的两件事，一是咳嗽，二是爱一个人的心。

酒吧渐渐热闹起来，音乐声混杂着嘈杂人声、烟酒的气味，充斥在空气中每个角落，我其实不太爱这样的氛围，可青稞爱极了，其实她是知道我与蔚蓝不怎么喜欢来酒吧这种场所的，所以平时很少叫我们出来，偶尔的一次我们也不好扫她的兴。

因为平安夜的缘故，酒吧额外送了每个小包的客人许多小吃食，纪元宏的那两个朋友便提议说：“光喝酒多没劲，不如我们玩游戏吧。”

在座的人都表示没意见，我也跟着点头，如果知道接下来会输得那么惨，我死都要拒绝加入游戏！

为叙述方便，纪元宏的两个朋友姑且称之为A、B君，高个瘦削的那个就叫A，矮点又稍胖的那个我们叫他B吧。

A君见大家都同意了，兴致高涨，接着提议说：“喝纯啤酒或红酒多没劲呀！”说着冲B君打了个响指，“小B，上，拿出你的看家本领！”

B君一笑，变戏法似的从桌子底下抽出两大瓶白酒，然后扫过桌子上众人的杯子，一字排开，分别倒入啤酒、红酒、洋酒，以及白酒，他手法娴熟，动作漂亮，片刻，整排的炸弹酒就搁在了众人面前。

这下我彻底傻眼了，我酒量本就不好，不，压根没什么酒量可言，若只是几杯啤酒还没什么大问题，可稍有常识的人都知道这种混制的炸弹酒后劲最大最容易醉！

“女生们还是别参加了吧。”正当我想开口说不玩了的时候，那言适时开口。

正合我意！我朝他投去感激的目光，他也正朝我望过来，微微一笑。

“那不行！”A君不干了，脸往下一拉，提高声音说道：“我们可没这么玩的，酒桌上不分男女只看给不给面子，你说呢，青稞妹妹。”说着转向青稞。

“我又没说不玩，”青稞笑道，朝我与苏灿望了眼，接着说：“只是我这两个妹妹酒量不好，她们也极少在酒吧玩，她们的份我代了，我陪你们不醉不归……”

我刚想说什么，还没开口就被B君抢了先。

“你是你，她们是她们，又不一样。”

若不是看在青稞的面子上，我真想一脚把这俩脑残踢出去。他们分明就是故意的!

我冷冷地望向纪元宏，他始终沉默地喝着酒，眼皮都没抬一下，仿佛这场因他朋友而起的小战争与他无关似的，不但不出声帮青稞，可恨的是嘴角分明还挂着若有若无的等着看热闹的笑。

“喝就喝，谁怕谁呢！”我愤怒地抄起一杯酒，仰头，示威般地一口干尽。火辣辣的刺痛便蔓延在口腔喉咙，胃里一阵翻江倒海。唉，逞英雄的后果啊！还好是那种小杯子，否则只怕当场就吐了。

“西曼！”青稞瞪了我一眼，赶紧将一杯温水递到我嘴边。

“好酒量！”A君拍手。

我狠瞪了他一眼。

搞这么大动作还以为有什么新鲜独特的游戏，结果B君提议的却是脑残得令人想拍死他，竟然是剪刀石头布！！！

但到了这个地步，也不能说不玩了。我偷偷朝青稞、苏灿、亚晨以及那言递了个眼色，他们微微点头，应该都明白了我的意思。不是有句话叫作使诈人多力量大么，就算蔚蓝还没到，4：3，喝死你们。更何况还有个冷漠的雕塑人纪元宏，4：2，赢的概率百分之五十。如此一想，心情忽然大好，嚷嚷着快开始。

游戏开始，一对一，轮流制。第一个人PK第二个人，第二个人PK第三个人，如此往下推。在心里盘算一番后，我们四个人各自调整了位置，将纪元宏与AB君分别夹在了四个人中间，这样一来，他们每轮PK都是以一敌二的局面。

这个游戏没什么诀窍，纯粹是运气。可好运之神一定偷窥到我心里嘚瑟的小算盘，第一轮下来，我们四个竟然通输！罚酒的时候那言试图替我喝，我还没开口拒绝A君就吊着嗓子嗤笑说：“输不起就别玩嘛！”

青稞大概忍无可忍，腾地站起，酒杯重重一搁，刚想发作，被我一把拉着坐回椅子，我看了眼纪元宏，而后对她摇了摇头，笑着说：“我没事呢。”仰头一口将酒干掉。胃里第二波翻江倒海立即袭来，我拼命忍着，压了好久才将阵阵往上冲的酒气压下去。

转头对上他们三个担忧的眼神，这里大概只有我酒量最差，我笑笑，说：“继续。”

老天真是不长眼呀，第二轮第三轮……几轮下来其他人还好，我就没赢过一次，喝到第六杯的时候胃里再也受不了，剩了一半在杯子里，往桌上一搁，捂着嘴巴就往厕所里跑，冲出包厢的时候在过道上撞了人都顾不上说抱歉了。

趴在洗手池边吐得昏天暗地，鼻端缠绕着难闻刺鼻的酒精味儿，勾引着胃，没完没了地吐，到最后胃里已没有什么东西可吐，空荡荡的。捧一把冰凉的水洗脸，眩晕的头稍稍清醒点儿，望着镜子中自己苍白的脸色，在略显昏暗的灯光下宛如鬼魅。

片刻，青稞走了进来，身后跟着苏灿以及蔚蓝。

蔚蓝扶住轻飘飘的我，镜子里好看的眉目微微蹙起，我仰头冲她笑，“我没事呢，吐了好多了。”

她却不看我也不接话，回头冲青稞发火：“你算怎么回事，明明知道西曼酒量差还让她喝那么多，为了讨好纪元宏的朋友就可以牺牲自己的朋友了是吧！！！”

蔚蓝的话语宛如连发的子弹，字字句句快而狠地轰向青稞，我想阻止已经来不及了。青稞的脸色在刹那间变得特别难看，嘴角微微抽动，张了张嘴，想说什么却终究作罢，默默地走了出去，苏灿想拉她却被她摔开。

“蔚蓝你照顾西曼，我去看看。”苏灿叹口气，追了出去。

“你不该那样说青稞。”我揉了揉太阳穴，轻轻开口。

我并非纯粹为了青稞的面子而喝，更多的是，我忽然很想醉一场。

“我还偏说！她重色轻友又不是一两回。”蔚蓝依旧冷着脸，伸出手狠狠敲我的头：“还有你！不能喝逞什么能！”

我讪讪地笑，赶紧转移话题：“你家里是不是有什么事？”

“还能有什么事儿，”她神色一黯，“我妈过分的冷静令那人开始害怕，多次提出离婚，甚至到法院提了公诉，只要我妈愿意签字，他不惜付出三分之二的家产。可我妈死活不肯。”

我默然，自从那次事件之后，蔚蓝再也没有叫过一句爸爸，就连在我们面前偶尔提及，也用“那人”来替代。

“西曼，我真的宁愿妈妈签字，我会跟她一起好好生活。她这样子日复一日地忍耐，假装宁静，逼迫自己活在过去的美好幻象里，我心里真的很难过……”

“唉，别说这些了。”蔚蓝甩了甩头，也捧了冷水洗了把脸。

再回到包厢时青稞与苏灿都不在，亚晨说她们压根就没有回过包厢。我想出去找，可刚站起来便被一阵昏眩袭击，蔚蓝一把扯过我坐下，没好气地说：“醉醺醺地是想去找人呢，还是躺在马路上给人找！”

我望向纪元宏，见他与A、B君正一边玩色子一边喝得兴致高涨，他分明听到了我们的对话，却丝毫没有要去找青稞的意思，他不担心她，半点也不。

这时，苏灿的电话打了过来。

那言趁蔚蓝接电话的空当，凑过来问我：“还好吗？”他一脸担忧。

我冲他笑笑，“没事。”

蔚蓝挂掉电话，说：“苏灿陪青稞在附近的小广场吹风，让我们先回。”

那言站起来：“我送你们。”

蔚蓝说：“不用。”

一场原本应该开心的平安夜聚会最后却闹成这副模样，我叹口气，走出几步回头，包厢的门帘敞开着，纪元宏与A、B君依旧在游戏拼酒中，那言站在原地目送我们，亚晨正弯腰在收拾青稞与苏灿的包，上次我们聚会时的所有人都在，只除了江离。

03 >>>

凌晨的街道依旧不减喧闹，酒吧区闪烁的霓虹令我头晕目眩，蔚蓝扶着我刚走出酒吧没多远，我胃里又一阵翻腾，挣脱她跑到路边狂吐，可胃里实在空荡荡的，吐出来的全是苦涩的胆汁水。蔚蓝蹲在我身旁一边拍我的背用纸巾给我擦嘴一边咬牙切齿地咒骂，“那俩王八蛋，真想打死他们！”

我蜷了蜷身体，抱紧双臂，真冷。蔚蓝见状试图脱外套给我，被我阻止了。正准备起身的时候一道强光打过来，接着扑面而来阵阵寒风，一声急刹车，逆光中纪元宏的身影渐渐清晰，他跨在摩托车上单脚撑地，像第一次送我去学校那天一般递过来一顶安全帽，清冷地开口：“上车。”

“你想干什么！”不等我反应，蔚蓝已起身挡在我面前。

“上车。”他再次重复一句，声音里已有些许不耐，顿了顿，加了句：“你妈刚来电话了。”听他提到妈妈，我的酒意顿时清醒了许多，才想起自己的手机没电关机了。先前妈妈打过电话过来问在哪儿，我只说与纪元宏蔚蓝一起玩儿，我知道她乐于见我与纪元宏的关系得到改善，果然她没多问只嘱咐说早点一起回去。

“蔚蓝你打车回去吧，不用担心我。”我接过安全帽.

蔚蓝没有继续坚持，只说：“路上小心，到家给我电话。”

摩托车飞驰而出，冷冽的寒风从耳畔呼啸而过，除了冷还是冷，我瑟瑟地躲在纪元宏背后，感觉到他身体的温暖却又不敢贸然靠过去。一路蜷缩成一团，姿势怪异，我下车时手脚已冻得僵硬，一个踉跄差点儿摔倒，幸亏纪元宏适时伸手扶住我。

“谢谢。”我说。

他没理我，转身将车往车库那边推，我犹豫了下，开口叫他：“喂——”

他顿住，却并没有回头。

“希望你对青稞好一点，她是个好女孩。”我说。

他还是没出声，也没有往前走，在我以为他不会理我的时候却忽然回头，声音在安静的夜色中凉凉的：“你很在乎她？”

我说：“难道你没有很在乎的朋友吗？”

他没回答，忽然朝我走过来，从口袋里掏出一个小礼品袋子，塞到我手中，然后转身走了。

回房间后拆开，是一条很漂亮精美的手链。圣诞礼物？可青稞说他从来都没有买礼物的习惯呀，难道是被青稞念叨后转性了？不管怎样，青稞应该也收到了圣诞礼物，她一定会很开心吧。迷迷糊糊地想着，酒精作用很快再次袭来，我倒在床上晕乎乎地睡了过去。

这一觉既久又沉，直至第二天被蔚蓝的电话吵醒。

“西曼你赶紧过来劝劝青稞，从昨晚到现在她一直在苏姐姐这里闹腾呢，我完全拿她没辙了！我妈现在找我有事儿，我得先赶回家。苏姐姐昨晚被她折腾得一宿没睡，现在在补眠。你过来守着这死女人吧！”

挂掉电话，看时间竟然已经十一点了，揉了揉隐隐作疼的太阳穴，跳下床去梳洗。

妈妈正在厨房里熬汤，屋子里飘扬着阵阵浓香，纪睿难得地休周末，窝在沙发上看足球联赛，纪元宏的房门紧闭，不知道是在睡觉还是出门了。

妈妈听说我要去找苏灿和青稞，便用保温瓶盛了满满一大瓶鸡汤让我带过去。

赶过去的时候，青稞的酒疯耍得正欢，怀里抱着瓶喝了二分之一的红酒，在吧台桌子上与沙发上跳来跳去，嘴里大声嚷着："蔚蓝啊，你昨晚怎么能那么说我呢，就你心疼西曼就你当她是姐妹……蔚蓝啊，你不知道，你那句话简直比抽我十个大嘴巴子还令我难受……"

蔚蓝坐在角落里的沙发上，一脸无语地望着天花板，见了我都快哭了："救星，你可来了！她反复念叨这几句已经整整两个小时了！"

"好啦，你回去吧。这里交给我。"

蔚蓝如蒙大赦，抓起包片刻就没影儿了。

青稞见她开溜，从桌子上跳下来，摇摇晃晃地扑向门口，大喊："喂，我还没说完呢，你去哪儿？"

我将她扯了回来，将不安分的她压在沙发上，一股浓重的酒气扑鼻而来。

"西曼你来啦？"青稞视线渐渐对牢我，咕咕咕地又灌下一大口红酒，然后将酒瓶递给我，"偷偷告诉你哦，这是苏灿私藏的好酒，嘘！千万别告诉她我偷喝了，来，分你一口。"她摇头晃脑醉眼迷蒙。

我夺过酒瓶，搁得远远的，又打了一盆热水过来，热气腾腾的毛巾敷上她半毁妆容狼狈不堪的脸颊，细致地为她拭去残妆。青稞最爱美，每次都要化一个完美的妆才肯出门，而今却通宵达旦地发疯，不洗脸不卸妆地示人，昨晚纪元宏的态度与蔚蓝的话，都让她伤心了。

青稞终于安静下来，我知道她并没有醉，她曾说过自己从来就没有醉过。她慢慢蜷缩起身体，头搁在我肩膀上，我伸手拥住她。

不一会儿，耳畔忽然传来一阵饮泣，她在哭。

“西曼，你哥……可能跟别的女生好上了……”

“什么？”

“是真的西曼，我知道他买了一份礼物，原本我还挺开心的，心想他终于也学会浪漫了呢，可原来却并不是给我的……后来我跑出去，他没来找我，连个电话也没有……西曼，他是不是真的不要我了，是不是，是不是……”青稞仰着带泪的脸，一遍又一遍地问我答案。我第一次在她脸上看见那么慌乱的模样，仿佛一个丢掉心爱玩具的小孩。

等等，礼物?

“是不是一条手链？”

“你怎么知道？”

我如释重负地舒了口气，笑着扬了扬左手腕，“这条？”

“怎么在你这里？！”青稞从沙发上跳起来，惊讶地问。

“他昨晚给我的呀，我以为你也有的……”

“他对你说什么了！”青稞打断我，神色在那一刻变得无比凝重。她没有看我，只专注地盯着我扬起的手腕，那眼神，炽烈得似乎恨不得将我的手烧掉一般。我心里不禁打了个冷战，天哪，她不会是……

果然，她一把拽过我手腕：“他为什么要送你礼物？他是不是对你有意思？他是不是……”

“青稞！！！”我揉了揉太阳穴，头痛呀！她在胡说八道些什么呢！“我与纪元宏的关系很简单，再婚家庭无血缘兄妹OK？”

“现在不是很流行兄妹恋……”如果是平时我一定会把这当作是她讲的一个笑话，可此刻她神色异常认真，半点也没有开玩笑的意思。这样冷漠地竖起全身武装的青稞，是我从未见过的青稞，令我感到害怕，最让我伤心的是，她眼神中流露出的不信任。

“如果你再这样说，我要生气了。”我甩掉她的手。

然后是漫长的死寂般的沉默。

良久，青稞忽然抬手狠狠朝自己的脸颊扇过去，左一下右一下，边扇边骂：“我王八蛋我不是人，竟然怀疑你，就算怀疑全世界的女人加男人，也绝不能怀疑你……”

“喂，你发什么疯！”我拽住她的手。

“西曼对不起对不起真的对不起，我喝高了犯浑，我错了，你原谅我好吗？”青稞顺势抱住我，紧紧地抱住我。

我叹口气，缓缓收紧张开的手臂，搂住她。其实我一点也不怪她，真的，我能理解她，自小的成长环境让她患得患失，对爱有着极为强烈的渴望，也极度缺乏安全感以及对人的信任。

所以，哪怕我是她最好的朋友，一旦触及她爱的浓烈占有欲，让她感觉到危机，她便会竖起浑身带刺的武装。

“西曼，你与他都是我生命中很重要的人，因为太在乎，反应才会这么激烈。我不希望有一天，在你们之间做出选择，那对我来说，真的比凌迟还要痛苦……”她靠在我肩头轻轻呢喃。

04 >>>

除夕夜下起了冬天第二场雪，很大，柳絮般的雪花纷纷扬扬地在空中旋转，昏黄的路灯将飞舞在空中的雪花映衬出一片迷离凄楚的雪白世界。

趴在书桌上，写完今年最后一篇日记，白炽台灯打在寥寥的几行字迹上——认识几个新朋友，笑几场哭几场，试着忘记一个人，试着喜欢新的人，一年就这么过去了。

搁下笔, 一种叫作年终总结的伤感席卷而来。这一年来的种种宛如一卷倒带的黑白胶片, 一帧帧地浮上心头, 竟有浮生若梦的怅然感。

甩甩头, 想想都觉得自己矫情。妈妈喊我一起看春晚的声音从客厅传来, 我站起身, 视线忽然被窗外楼下的一道徐徐走过来的身影吸引住。我愣了愣, 伸手揉眼睛, 睁开, 再揉眼, 再睁开, 依旧是他……

我飞奔出门，妈妈惊讶问我去哪儿的声音在身后渐渐模糊，下三楼的步伐从未有这般迅疾过，踢踏踢踏的脚步声将楼道上的声控灯悉数点亮，心里仿佛生出一百双长了翅膀的脚。而真的离那人近了时双脚却又仿佛生了根，再也迈不动一个步伐，只怔怔呆呆地望着他携雪花而来，片片宛如夜精灵般美丽的雪花落满他的肩头。昏黄路灯下，他黑色大衣、烟灰色围巾帽子在那一刻宛如沾染了世间最鲜艳亮丽的色彩，照亮了整个夜空。

我看着他，看着他，身影近了，熟悉的笑容近了，我听到静静飘洒的雪花中自己心跳加速的声音，和着他步步逼近的踩着柔软雪地上的脚步声，我感觉脸颊忽然一阵冰凉，泪水划过脸颊，啪嗒一声清脆滴落，融进雪地中。

我从来不知道，自己是如此想念他。我从来不知道。

江离在我面前站定，清浅好看的笑容浮上脸颊，他望着我，专注而温柔，良久良久，他伸手将我拉进怀里，温暖的气息缓缓将我包裹，他轻声仿似呢喃：“我很想念你，西曼。新年快乐！”

“我也很想念你。新年快乐！”我反手抱住他的腰，将脸深深深深埋进他胸前，熟悉的令我安心的淡淡松节油气息蹿入鼻端，心里的滋味无法言说，是失而复得的欣喜与幸福，还有关于另一个相似的人的淡淡失落与难过。

夏至，对不起，从这一刻开始，我只能把你，以及我们之间那段美好的记忆，永远永远封存在心底深处。而此生不管你在何处，遇见什么样的人，我都希望你能够幸福快乐。

我有很多话想说，有很多疑问想要问江离，可此时此刻，任何话都抵不过这句“我很想念你”，千言万语，尽在这句话里了。

江离，谢谢你回来，谢谢你没有不告而别。

这真是最好的新年礼物。

那个拥抱很长，直至妈妈与纪睿拿着我的手机一脸凝重地下楼来找我。

我的羞涩与江离的新年问候都没有展示的余地，妈妈的神色惊慌失措，她说：“西曼，刚刚警察局打来了电话。”

我狐疑地看她，“警察局？”

妈妈想说什么，却颤抖着嘴唇没法开口。

纪睿说：“是蔚蓝，她家出事了……”

我踉踉跄跄地朝小区门口跑，脑海里反复回响着纪睿的话。我想我那一刻一定完全疯了，站在马路中央去拦出租车，江离追过来抱住我，将我拖到路边，“西曼听我说，你冷静一点儿，纪叔叔已经去开车了，我们一起去警局……”

“你叫我冷静？你叫我怎么冷静，我最好朋友的妈妈在除夕夜杀了她的爸爸，你叫我怎么冷静……”压抑的情绪似乎终于找到了爆破点，我大吼着，叫着，全身力气仿佛在这一吼里全部被抽干，我缓缓瘫倒在江离的怀里。

蔚蓝，蔚蓝……

纪睿的车开了过来，江离将我抱上车。路面大雪积压，一路艰难行进，二十分钟后，我们终于抵达警局。

一路上我的情绪慢慢平复了一点，妈妈将我抱在怀里，她一边掉眼泪却还一边安慰我说："西曼，别怕别怕。"

冲进值班室，一眼便望见蔚蓝蜷缩在桌子底下，浓重的阴影覆在她身上，看不见她的表情，可我知道她一定恐惧害怕到了极点。心里漫过大片的刺痛，我走过去蹲在她身边，还没碰到她身体，她便厉声尖叫起来，双手更加拥紧自己几分，脸始终埋在双腿膝盖间，身体抖得厉害。

"蔚蓝，蔚蓝……"我轻声唤她，可她根本听不见。她离我那样近，可我却感觉她的魂魄似已飘了好远好远，我怎么都唤不回她了。

有人将我从她身边轻轻拉起，抬头，是穿白大褂的医生，手里正拿着一只针筒，蹲下身慢慢地靠近蔚蓝。

我回过神，猛地推开她，张开手臂护在蔚蓝身前，喝问："你干吗！"

"蔚小姐受惊过度，精神已临崩溃，她需要安静地睡一觉。"值班的警察解释道。

"西曼，乖，让医生给蔚蓝注射镇静剂，她这样下去也不是办法。"江离走过来将我拉开。

粗大的针筒费了一番周折才终于扎入蔚蓝的手臂，她每挣扎着尖叫一声，我胸口便感同身受般地刺痛一下。

药效很快发作，蔚蓝渐渐安静下来，身体依旧蜷缩成小小的一团。纪睿将她从桌子底下抱出来，惨白灯光下，她衣服上、脸上以及手指上已干的血迹触目惊心，我闭上眼不忍再看，可那些血迹以及蔚蓝惨白的脸如同无处不在的鬼魅黑影，在我心中晃荡，挥之不去。

第十一章
/
心脏的记忆

[有时候，真相比谎言更伤人。]

01 >>>

那一年的春节，我们所有人都过得兵荒马乱。充斥在我记忆中的影像只有黑白两色，大雪倾城，没日没夜地下，整座城都笼罩在近乎惨白的世界里；医院里的白，白墙白床单白色病号服以及蔚蓝苍白的脸色，自她从镇静剂中醒过来后，再也没有开口讲过一句话，躺在病床上不吃不喝也不睡，眼神空洞洞地望着天花板，嘴唇因缺水起了干燥的皮屑，眼窝深陷，颧骨突起，整个人的气息微弱得宛如不存在一般，医生说她完全失去了活下去的意志，只能靠输入葡萄糖延续生命力，每晚扎一针可以让她安睡的药物。

在这样糟糕的状态下，警局的人依旧不放过她，一个又一个穿着黑色制服的警员进进出出病房，想尽办法试图从蔚蓝口中问出事发当晚的情景。当他们接到报警电话赶过去时，蔚叔叔已倒在卧室的地毯上没了气息，心脏处插了一把尖锐的水果刀，血流成河，染透了驼色的地毯，而离他不远处的房间一角，阿姨呆呆地靠墙而坐，手里握着电话，神色平静得令见多识广的警察都觉得不可思议，那是一种绝望到心如死灰的平静，她已不在乎所有，视死如归，所以才会在行凶后主动报了警。

而蔚蓝，则跪在蔚叔叔的身边发出厉声尖叫，一边用双手拼命地去堵他身上汩汩往外冒的血液，直至赶来的警察将她强拉开。

阿姨拒绝陈述当晚的所有细节，蔚蓝对一拨又一拨来问话的警察视而不见。渐渐地，他们也不再来。

关于那晚究竟发生了什么事，成了这桩命案最大的疑团与秘密，在城中流传出各种版本。

那些纷纷扰扰的猜测我半点也不关心，我关心的只有蔚蓝。

我每天趴在她的病床边，陪她说好多好多的话，将过去我们之间发生过的美好的快乐的记忆统统挑出来重现，医生说这个办法或许能唤起她求生的渴望，可没有用，她对我的话置若罔闻。

我甚至冒着伤害她身体的危险，让纪睿帮她催眠，可令纪睿震惊的是，不管他怎样努力用怎样的方式，却始终无法进入她的思维世界。

她拒绝外界一切信息，将自己彻底封闭起来，不看不听不想不说，宛如一个没有灵魂的提线木偶。

看着她一天天消瘦下去的身体，我心里真的好难受，却一点办法也没有，第一次深刻体会到什么叫作无能为力的痛苦。只知道抓着她的手掉眼泪，一遍又一遍地恳求她，不要这样伤害自己。

日子一天天过去，寒冷渐渐退去，春天在这种死寂般灰暗的气氛中悄悄来临。

亚晨开始为留学考试而备战，他临走前我们站在医院走廊的窗台边聊天，不知什么时候开始，他竟然学会了抽烟，烟雾缭绕地飘上他的眉眼，他这段日子瘦了好多，蔚蓝住院的这些日子里，基本上都是我与亚晨轮流照顾她，我因为即将移民的缘故，便请了一段时间的假。

“西曼，我不去留学了。”亚晨摁掉烟蒂，轻轻说。

我惊讶地偏头望向他，“你专业那么好，完全可以去国外深造。”

“我想留在这里照顾她。”

“亚晨……”

“别说了，”他苦涩地笑了笑，说：“只是觉得很对不起爸爸妈妈，他们对我期望一直那么高……”

默然。

又是这种令人崩溃的选择，父母的期望与心爱的女孩。后来我才知道亚晨压根没有给自己选择的余地，一早便置之死地而后生，他继续为考试而努力纯粹是为了做做样子给父母看，却在考场上将自己真正的实力隐藏掉。

他明知蔚蓝对他无意，却依旧情深不悔，令我动容。

我伏在病床边，轻声将这些说给蔚蓝听，与以往无数次一般，依旧得不到半点回应。可没有关系，我可以等，不管需要多长时间，我都可以等。

02 >>>

被叫去见蔚蓝妈妈的那天，是个难得的艳阳天。接到监狱电话的时候我正在市立美术馆帮江离一起选他在本城第二场个展的场地。

见到阿姨的瞬间我吓了一大跳，她与我记忆中那个漂亮优雅爱撒娇的女人完全无法吻合，眼前的人粗糙而憔悴，瘦得不成人形。后来探监结束后听狱警说她每餐吃得极少或根本不吃，末了，那女狱警一脸鄙夷地嗤道，反正也活不了多少日子，胖瘦又有什么区别。我心里如有虫蚁吞噬般难受，狠狠地瞪了她一眼。

明明只隔着一层透明的玻璃，却感觉我与她隔了好远好远，拿起话筒，艰涩地开口：“阿姨，你还好吗？”

她没有回答我，眼睛盯着我却又好似穿越过我的身体盯着遥远的未知空间，怔怔地握着话筒，良久良久，僵持而沉默。

终于，她开口了。或许是太久没有说话的缘故，她的声音干涩而失真：“蓝蓝，她还好吗？”

“她很好。”我努力扯出一抹笑容来。

“那我就放心了。”咔嚓一声，电话被切断，她看也不看我一眼，转身跟着狱警走了。望着她渐行渐远的瘦削背影，我心里忽然涌起难以名状的钝痛，良久都消散不去。

晚上我去医院替青稞的班，见了我，她颓丧地朝我摇了摇头。我握了握她的手，让她先回去休息。

“我今天去监狱探望阿姨了，她很好，你放心。”我拧了热毛巾给蔚蓝擦脸，虽然明知道她压根不会注意我的表情，可我依然不敢与她对视。从小到大只要我一撒谎，睫毛便会不停眨啊眨的，每次蔚蓝都以此来判断我是否撒谎，屡试不爽。

“她问你好不好，我说你很好，”我握住蔚蓝的手，“所以，为了阿姨，拜托你快点好起来，好吗，下次我们一起去看她。”

可是，我们都没有机会再去看她了。

当天晚上，我再次接到监狱来的电话，只有短短的一句话。

“035自杀身亡。”

035是阿姨的编号。

怎么会这样，怎么会这样……

她说，那我就放心了。

原来，是这个意思，原来！

我双手掩面，身体狠狠颤抖起来，如果不是我，如果不是我说蔚蓝很好，如果不是我撒谎骗她，她就不会说放心，她就不会选择以这样残忍的方式结束这一切的爱和恨。

我自以为的善意谎言，我自以为对她是一种安慰，不想却成为了她的毒药。

我坐在病床边，根本不敢看蔚蓝，趴在她身上，一遍一遍地说，对不起对不起……

忽然感觉到一只手抚上我肩膀，我抬起头来。

一瞬间我以为自己眼花，因为我看见蔚蓝的睫毛上竟然有湿意。

她哭了，她哭了，她终于有感知了。

然后，她的眼珠子缓慢地转了转，视线终于对焦在我身上，一点点茫然，一点点无措，她蠕动嘴角，不成调的音节从唇边飘出：“西……曼……”

我熟悉的那个蔚蓝，回来了。

我伏在她身上，紧紧地搂住她的脖子，痛哭出声。

03 >>>

三天后，蔚蓝办理了出院手续。那天亚晨特意从别的城市飞了回来，青稞与苏灿一早都赶到医院，江离本来也要来，可我想蔚蓝或许并不太想见到他，遂作罢。

亚晨轻轻对我说“谢谢”。

我笑笑没作声。

蔚蓝能够好起来，与我无关，在我接到监狱那个电话的时刻，她哭了，所有的感知也跟着回来了。这大概就是所谓的母女连心。

阿姨的事情到底没瞒住蔚蓝，因为第二天警局的人再度来到病房，我惊得顾不得这是医院，对他们大吼着说：“出去！”

可蔚蓝却淡淡地说：“让他们进来。”

我原本担心的失控场面并没有出现，蔚蓝听到阿姨的事情后连眼皮都没有抬一下，神色没有丝毫变化，没有一滴眼泪。那种诡异的平静令我毛骨悚然，让我想起当初得知蔚叔叔出轨后的阿姨。我不敢再细想下去，拼命安慰自己说，悲伤过度往往流不出一滴眼泪。

阿姨的葬礼是蔚蓝亲自主持的，除了我们几个朋友，没有一个亲戚到场。蔚叔叔家人自然是不会出席的，而阿姨的娘家人，只有一个在邻城的舅舅，原本与蔚叔叔一起做生意，也算是有头有脸的人，出了这种事，他觉得丢脸，自始至终都没有出现过。

遵阿姨遗嘱，将骨灰全撒向青河下游，她说，希望下辈子别再做人。

蔚叔叔伤她伤得体无完肤。

死过一次，便再也无法重生。

她是这样决绝的一个人。

我与蔚蓝站在江离曾带我去过的那座废弃的灯塔上，早春的风凉凉地吹过来，鼓起我们黑色的衣裳。河面水波微漾，午后稀松的阳光折射出波光粼粼，平静而美好。

蔚蓝拧开骨灰罐的盒子，把骨灰一小把一小把地抓出来，手一扬，属于一个人所有的一切都纷纷扬扬地飘撒出去，风卷起那细小的尘埃，跌落水中，飘散空中，飞翔至远方。

当风扬其灰，从此以往，勿复相思。

生命原是如此短暂。

“西曼，原来失去一切真的只是一瞬间的事。”蔚蓝的声音在微风中很轻，砸在我心间，却是那么沉重。

“不，你还有我。”我侧身抱住她，哪怕是在阳光下，她的身体依旧没有丝毫的温度，手指冰凉。

“是呀，我还有你……”她将头轻轻搁在我肩膀，整个身体的力道在瞬间都压在我身上，我抵住栏杆站稳，承接住她所有的力量、伤痛，以及依赖。

“所以，西曼，你不能丢下我，这个世界上我唯一拥有的，就只有你了……就只有你了……”她似呢喃的轻语在微风中碎成一片一片，纷纷蹿入我耳膜，仿佛索要承诺的魔音。

我点头，在心里对自己承诺，以后不管发生什么事，我始终会把你当成好姐妹，不离不弃。

蔚蓝以低价转售了家里的房子及车子，加上蔚叔叔留下来的财产，足够她这辈子生活无忧。只是没有了最亲近的人，住再大的房子拥有再多的物质都无法填满心中的空。

陪蔚蓝回家收拾东西，她只带走了常穿的衣服与手提电脑，其余统统都转赠给儿童福利院。她说，最重要的已经带不走，其他的便都不重要了。

她再也不是从前那个沉迷于物质的小女孩了，如果成长的代价是这样惨重，我宁肯她一辈子都做那个无忧无虑热爱美食华服开炫丽吉普车的小小女孩儿。

妈妈让蔚蓝住进了我们家，与我共用一个房间。

自那之后，她无法独自入睡，哪怕有人睡在旁边，她都感觉到恐惧，整晚都需要开着灯，不敢闭上眼睛，她说一旦闭上眼，便看到血流成河的画面……那个夜晚的场景，已成了拓印在她脑海中挥之不去的梦魇。

纪睿见她被失眠与噩梦折磨得不成样子，不得不给她开了安眠药，依靠药物的帮助，蔚蓝才能够睡上一觉，但药物产生的幻觉以及后遗症，比之长时间失眠的痛苦，有过之而无不及。

苏灿邀她出去旅行散心，可她提不上半点兴致，幽幽地说，出去了，还是要回来的，一切都不会有什么改变。

以前那个乐观的蔚蓝再也不见了，死掉了，现在的她，事事悲观，成天窝在家里哪也不去，她老师来看望过她，劝她先办理休学，调整好心情，明年再复学，可她执意要退学，她说，上不上大学，生活并不会有什么改变。

她悲观到自暴自弃，让人无能为力。我虽然担心却也不忍心逼她，她能够从那种木然中复苏，我已经很满足了。

苏灿建议说，或许换一个生活环境，离开这个城市会好点，西曼，如果可行，让你生母带她一同去法国吧。

一语惊醒梦中人。我怎么就没有想到这点呢。只担心我离开这里之后，蔚蓝要怎么办。是呀，她可以跟我一起走！

问过她的意见之后，我们一起去找母亲。父亲回里昂之后，她一直留在这个城市等我毕业，借住在她的好姐妹家中，每周有三天，她会跟我一起吃饭，这是我们的约定。每次吃完饭之后，她会带我去逛街，给我买一大堆衣服鞋子，恨不得将这十八年来所有的空白都填充上。虽然那些衣服买回去之后都被我压在柜子里，太多压根穿不了，可我依然不忍拂她的心意。

母亲是知道蔚蓝的事情的，彼时还去医院探望过她，很心疼她的遭遇。所以当我向她提出，可否认蔚蓝做养女时，她想也没想就答应下来，还很开心地拉着蔚蓝的手说，又多了一个女儿了。当即便打电话给父亲，与他商议办理监护人手续以及移民手续等问题。

晚上我与蔚蓝并肩躺在床上，说了很多很多话，小时候的趣事，一路走来的点点滴滴，大部分时候是我在说她在听，她偶尔也会附和一下，说到好笑的地方，她也会轻轻地笑出来。这些日子以来，第一次她不用依靠安眠药慢慢地进入睡眠，她搂紧我的手臂，将头搁在我肩窝里，轻轻地说："西曼，我爱你。"

我轻轻拍她的背，宛如哄一个小孩子般哄她入睡，在心里应她，蔚蓝，你知道的，我也爱你。所以，你一定要好好的。

夜极静，房间里只听得见彼此细微的呼吸声。她终于缓缓睡过去，神色还算平静，我这些天来提起的一颗心，终于可以稍稍放下来一点儿。

04 >>>

四月初，江离的第二场个人画展在市立美术馆开展。如第一次一样，为期一个礼拜，只是这次比上次更小型，只设了一个展厅，诚然如此，依旧得到了本城众多媒体的关注。有记者问他，为什么本次展览的主题叫"重生"，他回答说："这场小画展是我特意为生命中一个很重要的人而举办的，是我送给她的礼物。至于为什么叫这个主题，我想你看过之后或许就明白了。"

我拿着报纸不禁笑出声来，他竟然对记者卖关子。

蔚蓝侧过头来，抢走我手上的报纸，看了片刻，又默默地丢回我手中。

"江离的画展明天开幕，要不要一起去？"犹豫了下，我还是问了蔚蓝。

"你们还有联系？"她不答反问。

"我们，在交往。"我不是故意隐瞒蔚蓝，只是这段日子发生了这么多事情，压根就找不到机会提这件事。我只跟苏灿与青稞提了一下，苏灿很为我开心，说江离是个很好的男生，人特别善良，性格也好。青稞笑嘻嘻地接腔，是啊是啊，又才华横溢，美少年一枚，还是富二代！

蔚蓝很久没有反应，她侧对着我，头微微往另一个方向偏，我看不清楚她的表情。我移到她身边，抱住她手臂撒娇地摇晃，“对不起嘛，真的不是故意隐瞒你，别生气啦！”那时我只是以为她生气我没有告诉她，顶多再加上我跟她不喜欢的男生交往。

过了片刻，她才偏头望着我，神色看不出喜忧，平静地问：“你爱他？”

我点了点头。

“你忘记了夏至？”

我愣了下，微微低头，轻说：“很多事情不是说忘就忘得了的，人也是，只是我清楚自己在做什么，喜欢的是谁，而有些人有些事，会放在回忆里，沉在心底深处。”

“你喜欢他不是因为他很像夏至么……”

“什么？”她的声音轻似呢喃，我听不很真切。

“没什么，”她抬眼望着我，说：“你希望我去画展吗？”

我点头：“他真的是个很不错的男生，或许你多多了解，便会改变对他的看法。”我希望我喜欢的男生与我看重的朋友，也能够做朋友。

蔚蓝最终还是跟我一起去了画展，苏灿、青稞以及亚晨都在邀请之列，还有江离曾一起画画的几个朋友，开展之前，那言帮江离弄了个小庆祝会，人不多，就设在了美术馆的会议室里，买了一个五层大蛋糕以及香槟酒。

切蛋糕开酒之前，江离一直在看手表，时不时跑到窗边往外张望，我问他是不是还有谁要来。

他说：“我妈答应过来的。”

那言走过来拍拍他的肩膀说：“你妈或许是什么事儿耽搁了下，我们再等等。”

可最后却等来了一通电话，江离接起“哦”了一句便挂了，脸上不是不失落的，只是他转头的时候已换上了笑脸，对在场的人说：“我们开始吧。”

我握了握他的手，他回头冲我笑，低声说：“我没事。”

怎么可能没事，我想起一面之缘的江离的妈妈，冷冰冰的，没想到对自己儿子的事也这样不关心。

我的叹气声很快被众人举杯的祝贺声淹没，切完蛋糕，趁大家正在嘻嘻哈哈笑闹成一片时，江离碰了碰我的手臂说：“跟我来。”

我问：“去哪儿？”

他笑而不答，索性牵过我的手往外走，我的脸忽然就红了，偷偷瞟了眼房间的人，还好，似乎都没怎么注意到。

江离一直牵着我下楼，往另一栋展厅所在的楼走去，上三楼，小小的展厅内灯火通明，我却被墙上一幅幅画湿润了眼眶，内心在那一刻震惊得无以言说，脚步缓缓移动，墙上的那些油画，仿佛有了生命力，在我目光触及的刹那，画上的场景也鲜活地在我记忆中苏醒——

第一幅，从那言家里出来的那个夜晚，在小吃街我追着熟悉的身影而去，在马路上狂奔，闯红灯差点被车撞……

这是我第一次见到江离时的情景。

第二幅，我抱着盛鸡汤的保温瓶站在医院的病房门口，神色却在打开门的刹那惊慌失措……

那是我第二次去找江离时的某个情景。

第三幅，画中不再只有我，郊外废弃的灯塔上，落日黄昏，斜阳温暖地照在并肩而站倚在栏杆上的两个人身上，风吹起女孩的发丝，她神色迷茫，怔怔地望着男孩……

那是我与江离第一次去废弃灯塔的场景。

我依次看过去，一幅幅油画，串成了我们相处的N个细节，我无助哭泣时他借给我的怀抱；从疗养院看望母亲回来我累极枕在他腿上睡过去时他低头久久凝望我；寒冬天台上他分一半围巾绕在我脖子上，将我的手包裹在他手中塞进他大衣口袋里；除夕夜大雪纷飞中长久的拥抱……

我们相识以来所有的细枝末节，都凭借他的记忆，佐以感情的色彩，流露笔端。

展厅最后一幅画，没有人物，只有一片一望无际的蔚蓝大海，延绵到天之涯，海之角，世界的尽头。

下面有一行小小的字：送给我的女孩，盛西曼。

我的眼泪哗啦啦地往下掉，模糊了视线，心中被一种叫作感动与幸福的情绪充斥得满满当当。回头，那个给我爱与感动的人正倚在第一幅画旁，微笑着朝我望过来，神色那么温柔，眼眸中凝聚的星光吸引着我的步伐，一点点朝他走近，吸引着我踮起脚尖，顾不得女孩子的矜持，将唇轻轻地覆上他的，闭上眼睛，感觉他的手拥住我的腰，唇上冰凉的触觉加深，淡淡的好闻的独属于他的气息蔓延开来……

忽然，一声重重的响声在我们身后响起，当我回头，只来得及看到一抹仓皇离去的背影，一晃而过的黑色裙角很熟悉，似乎是……蔚蓝。

05 >>>

为了办理蔚蓝的收养手续，父亲特意从里昂回来了一趟。办好手续的那天，父母亲带我与蔚蓝一起吃了一顿饭，算是一家人团聚的小小仪式。母亲还请了江离一起，我看了眼蔚蓝，见她神色无异，也就没有阻止。母亲一直很喜欢江离，所以我与江离的事儿也没有隐瞒她，她很开明，非但没有反对，反而很开心。她说：“曾经我还想撮合他跟珍妮，可惜两个人都没那个意思，为此我觉得好遗憾。”

蔚蓝给父母亲敬酒，开口称呼的时候犹豫着不知该如何喊，母亲体贴地笑道：“就叫叔叔阿姨吧。”然后拿出正式的见面礼送给蔚蓝，是一条款式独特做工精致的纯手工脚链，一式两条，我也有一条。

饭毕，他们有事先离开，又叫了饮料与甜点，让我们再坐一会儿。送他们离开之后我去了趟厕所，那时厕所挤满了人，所以再出来时，已是十分钟后。我没有想到，短短片刻，等待我的竟是一场翻天覆地的变化。

餐厅里闹哄哄一片，我们的座位旁被人群围成一个圈，我走过去时还在想，发生了什么事？拨开人群，看到躺在地上的人时，我捂嘴尖叫起来，是江离。他脸色苍白地倒在地上，身体痛苦地蜷缩成一团，嘴角还残留着饮料汁的痕迹，人已经没有了知觉。

我试图去抱他，却被人制止了：“不要动他，120马上就赶到了。”

颤抖的手指就那么僵持在空中，我抬头问蔚蓝发生了什么事情？却见她惊恐莫名地望着这一切，嘴唇紧咬，脸色惨白一片。

她面前的饮料杯被掀翻，汁液顺着桌沿滴答滴答打在她的裤子上，她却浑然不知。

救护车终于来了，我已顾不得蔚蓝，跟着医护人员急匆匆地跳上车往医院去。

等待。

又是这种漫长的焦急的煎熬般的痛苦等待。

那种恐惧感再次席卷而来，深深攫取我的心，如同得知妈妈患了重病那次一样，只是那次有江离在身边安慰我说不要害怕，可如今他却成了让我担心恐惧的那个人。

我眼睛一眨不眨地盯着急救室的灯，时间仿佛停滞了一般，过得那么那么慢。

当夜色一点点笼罩，急救室的门终于缓缓打开，主治医生疲惫地摘下口罩，先行出来，江离在他身后的床上被护士慢慢推出来。

“他怎么回事？究竟怎么了，现在有没有事？”我跑过去。

医生瞪了我一眼，眉头紧蹙：“你是病人家属？”

我点头：“我是他女朋友。”

医生严厉责骂道：“既然是女朋友，你应该知道他是心脏移植患者吧？怎么还让他在饮料里加佐匹克隆，到底有没有常识……”

什么？！

医生的话在耳畔分散成无数碎片，心脏移植患者……饮料……佐匹克隆……

“喂，你没事吧，喂喂喂——”耳边有急切的声音，有人在摇晃我的身体，下意识抬头，发觉自己不知何时已抱头蹲在了地上，一名护士小姐担忧地望着我，而江离，早已被推进病房去了。

我艰涩地走到长椅上坐下，试图整理此刻乱糟糟的思绪。过了许久许久，我起身，朝医生办公室走去。

深呼吸一口气，竭力让自己平静下来，才缓缓开口：“对不起，我不知道我男朋友做了心脏移植手术，我见他最近饱受失眠的折磨，所以才将佐匹克隆放在饮料里，只是想让他好好睡一觉。”

医生看我的脸色这才稍好一点，叹口气，说：“所幸病人的抗体性很强悍，否则只怕……”他没有说下去。

“他是什么时候做的手术？”我放在膝盖上的手指不自觉握紧。

医生望了我一会儿，说：“抱歉，这是医疗机密。”

“连我也不能说？”我低了低头，哀伤地说：“作为以后要照顾他生活的女朋友，我不想再犯今天这样的低级错误。”

“很抱歉，除了直系亲属，医方不得向任何人透露。”沉吟片刻，他依旧如此回答我，然后起身，做了个请出去的手势。

我走出去，站在走廊上给妈妈打电话，她被我凝重的声音吓着了，忙问发生了什么事。

我低声说：“妈妈，我没事，有一件事想要拜托你，虽然很为难你，可这对我真的很重要。我想请你查一下你们医院关于江离心脏移植的详细记录……”

我又拨通了另一个号码，疲惫地说：“那言，江离出事了，你马上来中心医院。”

挂断电话，我觉得自己浑身力气都消失了一般，我滑坐在地板上，头深深埋进膝盖间，一些记忆纷纷散散地浮上心头——

江离那幅与夏至如出一辙的油画，以及他第一场个展上画作风格的变换。

第一次见到江离时他令我熟悉的着装以及走路姿势。

江离无数个让我恍惚以为看见夏至的细节。

江离说，西曼，我仿佛好久之前见过你一样。

以及，我曾在某本书上看到过的关于“心脏的记忆”的一段话，大致是，心脏病患者换了别人的心脏，那颗心脏到了新的宿主体内，会残留着原来宿主的记忆以及生活习惯，这样的情形，称之为心脏的记忆。

我抱紧愈来愈冷的身体，一遍遍告诫自己说，不会的，一定不是这样的。

“西曼。”那言气喘吁吁的声音在我头顶响起，他蹲下身试图伸手扶我，我却一把抓住他的手臂，直直望着他，说：“江离是什么时候做的心脏移植手术，给他心脏的人叫什么名字？”

“西曼……”那言的神色瞬间变得苍白，头微微别开，良久良久，才轻轻地说：“你都知道了。”

“你告诉我，告诉我，告诉我……”我的指甲深深掐进他的皮肤，情绪特别激动。

“别这样西曼。”那言试图拥抱我，却被我狠狠推开。

我朝他大吼：“你告诉我！告诉我啊！！！”

他微微退后一步，神色哀伤地说：“好，我告诉你。”

06 >>>

江离是早产儿，生下来便患有先天性心脏病，心瓣膜缺失3毫米，因为太过羸弱，半岁之前都是待在氧气罩里才活了下来。因为家里条件好，所以他得到了最好的医疗救治与妥善照顾。随着年龄长大，他的身体渐渐好起来，只是不能像正常人那样做剧烈的运动，男孩子热爱的一切球类运动他都无法碰触，所以才会选择了绘画。他天赋异禀，对绘画也有着极大的热情，在这个世界如鱼得水。

第一次严重病发是在十二岁那年，因为在郊外写生淋了一场大雨，回来的途中他高烧昏迷在路边。也是从那个时候起，他的主治医生建议他做好心脏移植的准备。往后的许多年，他的家人一直在寻找与等待一颗合适的心脏，甚至为此将江离的病历以及身体各项数据放到了很多国家有心脏移植资格的医院里，等待合适的机会。

“直到两年前的暑假，我们终于等来了这个机会。”那言低声说。

两年前的暑假……两年前的暑假……

我眼前一片晕眩，差点从椅子上栽下去，那言发现异样，急忙扶住我，“西曼，你怎么了？”

我摆摆手，“你继续说。”

那年江离因身体不适从里昂回到家，住进医院接受各项检查与调理，一住就是半个月。

“我还记得那个很炎热的夜晚，堪称那年夏天最高温的一晚，哪怕是深夜气温依旧居高不下。晚上12点多，江离闹情绪要出院，我与他妈妈赶过去劝他，刚到病房没多久，江离的主治医生急匆匆地跑来说，好消息，找到了各方面都非常合适的心脏。”那言顿了顿，过了许久，才接着说：“那是个很年轻的男孩子，据说是煤气中毒事故，送到医院的时候，已经没了生命的迹象……”

“那个男生……叫什么名字……”我的声音已颤抖得不成调。

“他叫夏至。”

夏至……

我从椅子上狠狠跌落在地，心脏在那一刻痛得无法呼吸，原来是这样，原来我设想的都是真的，是事实。

“西曼，你是不是哪里不舒服？”那言蹲在我身边，满脸关切。

我看着他，恍恍惚惚地看着他，惨白灯光下，他的脸开始变得不真切，我想对他大吼，却发觉一点力气都没有，跪坐在地上，反复地呢喃：“你们真残忍，怎么可以这么残忍……他活在这个世上已经够苦了，孤苦无依，你们却连他的心都要摘走……你们怎么可以这么残忍……”

终于，更强大的晕眩朝我袭击过来，我再也没有力气去反抗，任自己陷入昏昏沉沉的黑暗中。

我在大片刺目的阳光中再次醒过来，睁眼，看到妈妈担忧的脸上有哭过的泪痕，蔚蓝坐在她旁边，见我醒来，朝我露出一抹疲惫的笑容，问我："好点了吗？"

我点点头，"你可以帮我回家拿套干净的衣服吗？"

她走后，我问妈妈："请你帮忙调查的事情怎么样了？"

妈妈说："这些资料确实不能对外公布，江离的主治医生正好是你纪叔叔的好朋友，我带你去找他吧。"

医生叔叔说的大致情况与那言并没什么区别，而我现在想知道的是，关于夏至。他为什么会煤气中毒？我了解的他并不是个粗心的人，回想起他失踪前后的那些天，因为在赶一幅去某大赛参赛的油画，他忙得根本没有时间开煤气做饭。而他独居，深夜的那个点，是谁拨打120将他送来医院的?

种种疑点，让我无法相信那只是一桩意外。

后来我常常想，如果那个时候我将夏至的事故纯粹当作一场意外，不再追查下去，是不是一切都会不同。

可是，我做不到，做不到让我曾爱过的男孩就那样不明不白地死去。只是我忽略了，有的时候，真相比谎言更令人痛苦。

一番仔细回想之后，医生叔叔忽然说："我想起来了，因为心脏移植需要双方监护人签字之后才能实行，可我们没办法联系到夏至的家属，他身上除了身份证外并没有手机也没有任何记录电话号码的本子，所以我们只得……"

"所以你们只得自己做了决定是吗!"我冷冷地没有礼貌地打断他。

医生叔叔叹了口气，低了低头，"这是我职业生涯中最大的污点，这两年我一直觉得内疚，可是，为了救另外一个人，我不得不这么做。”顿了顿，他又接着说：“事后我问过同事，是谁将夏至送到医院的，他们说是一个女孩拨的120，可他们赶去的时候并没有见到打电话的人。”

一个女孩?

我反反复复地想，却怎么也想不出当年我与夏至的生活圈子中，除了蔚蓝，还出现过别的女孩。

正想着，蔚蓝推门进来，手里提了一个大袋子，她扬了扬右手，说：“饿了吗？路过粥铺给你买了最喜欢的青菜瘦肉粥。”

“你为什么要在江离的饮料里放佐匹克隆？”我望着她，她以为我不知道，我怎么会不知道呢，江离并没有失眠的症状，他明知自己心脏不好，断然不会去服用这种刺激性相当大的药物。而佐匹克隆，正是纪睿开给蔚蓝的安眠药。

她的笑容慢慢遁去，手中的袋子啪嗒跌落在地，在寂静的病房内发出一声闷响，重重地砸在我心坎。

第十二章
/
离歌

[有时候，真相比谎言更伤人。][我们都要孤独地长大，请不要害怕。]

01 >>>

空气中除了死寂般的沉默还是沉默，我望着蔚蓝，我希望她能够解释，随便什么都好，哪怕是谎言，我也愿意去相信她。可她除了片刻的惊慌外，很快便平静下来，抿着嘴唇，面对我的质问，她选择一言不发地走出了病房。

我太了解她，她最不擅长的便是说谎。

可是蔚蓝，你为什么要这么做呢?

门轻轻关上的刹那，我闭上眼，心里有什么东西碎了一般，扎得心脏生疼。

出院的时候我去看了江离，隔着病房门上透明的小窗户，他依旧在沉睡中，脸色看起来比昨天好了许多。病床旁坐了一个女人，长长的卷发没有盘起而是随意地披在肩头。她握着江离的手，嘴里喃喃地说着些什么。再要强冰冷的女人，在面对病中儿子的时候，也是脆弱而充满爱的。

我没有推门进去，不是怕他的母亲，而是此时此刻，我不知道该如何面对他，换了夏至心脏的他。明知道这一切都与他无关，可心里依旧有点迁怒他。我不知道该怪他以及他家人的残忍，还是该谢谢他，让夏至以另一种方式存在于这世间。

回家的车上给青稞打电话，想让她去找下蔚蓝，不管她做了什么事情，我心里再怪她，却依旧担心她，更何况她的情绪一直都没有足够的稳定。可青稞的手机老是打不通，我才想起，似乎与她有好多天没有联系过了，平时她每天都会打个电话给我，就算没事儿，也会神经兮兮地发一条诸如“我想你了你想我吗”这种肉麻的短信来调侃我。想了想，我拨了通电话给纪元宏，自从蔚蓝住到家里之后，他又搬了出去。妈妈为此特别不好意思，可他搬家那天又说与蔚蓝到来无关，最近找了个工作，离家太远所以在附近找了个房子。

电话接通，一阵嘈杂传来，大片轰隆隆机车发动的声音，我问他青稞是不是跟他在一起，他说没有，我问他是否知道她在哪儿，他不耐烦地说不知道，然后便挂断了电话。

本想去青稞住的地方看看，可脑袋实在晕乎乎的，妈妈阻止我再四处乱跑，我只得老老实实地跟她回家休息。

我在迷迷糊糊中被一阵刺鼻的酒味吵醒，迷蒙中睁开眼，房间里漆黑一片，隐约的光芒从窗外照进来，打在床边一个人影上，我吓得猛地弹起，仔细看，才发觉是蔚蓝。她浑身酒气，醉醺醺地趴在床边，手里还握着一瓶酒，我跳下床，摇她：“蔚蓝，醒醒。”然后将她手中的酒瓶拿掉，竟然是高度白酒！

“西曼呀，你醒啦？呵呵呵，对不起呀，吵醒你了……”她仰着头，傻笑起来。

她醉了。

“嘘！”我捂住她嘴巴，“别吵醒他们。”已经是凌晨一点了，我睡得昏昏沉沉，都没留意蔚蓝这么晚才回家。

“嘘！”她跟着做动作，然后抄起地上的酒瓶，往我嘴边送，“西曼，来，一起喝！我跟你讲呀，酒真是个好东西，可以让人忘记一切痛苦……”

刺鼻的酒味令我一阵反胃，我一把将她扶起，拽到阳台上坐着。暮春凌晨的风凉凉的，被风一吹，蔚蓝非但没有清醒点，反而趴在桌子上呜呜地哭起来。我慌了手脚，蹲下去拍她的肩膀，她却越哭越厉害，一边哭一边说：“西曼，对不起，对不起，对不起……”

我以为她是为江离的事，叹口气，拥住她说：“没事了，如果你这么讨厌他，我以后再也不会勉强你们见面。”

可她接下来的话却令我浑身发冷。

“夏至，我错了，对不起……”

“你说什么……”我放开她，将她的身子扳直，一脸震惊地望着她，“你刚刚说什么……夏至？”

她神色恍惚，泪水如决堤的洪水般泛滥成灾，一颗一颗滚落下来，仰头望着我，一字一句清晰地落进我耳朵里，不是幻听，不是梦。

她说：“对不起西曼，是我害死夏至的，是我……我该死，我该下地狱……”

她抱着头，痛哭流涕。

我不信，我不信，蔚蓝在说醉话呢。

我摇晃她的身体：“你骗我是不是，你告诉我，你在骗我！这不是真的……”可是，可是，某些画面在此刻浮上脑海，跳出来反驳自己，这是真的，都是真的。

蔚蓝曾在我看过江离的画展后说出夏至回来了时的异样。

蔚蓝第一次在酒吧见到江离时的惊慌失措。

医生叔叔说，打急救电话的是一个女孩。

……

真相永远这么残忍。

我跌坐在地，眼泪已经流不出来了。

妈妈与纪睿担忧的声音在房间外响起，伴随着急切的敲门声。我已经没有力气去开门，或者应一声。

蔚蓝的哭声渐渐低下去，以蜷缩的姿势伴着酒精作用，靠在阳台的墙壁上，沉入睡梦中。

我睁着眼，抬头望着漆黑一片的天空，无星无月，如此刻我死灰般的内心。我坐在冰凉地板上看着暗夜一点点退去，心中一直坚信的某些东西，也在一点点瓦解崩溃。

02 >>>

蔚蓝在清晨第一缕阳光的刺目中缓缓转醒，她揉着胀痛的太阳穴抬眼，发觉另一角落里睁着血红眼睛望着她的我，吓得失声惊叫了声。

“为什么那么做？”我的声音听不出一丝温度。

“什么？”她蹙眉，记忆一点点在她脑海里复苏，她终于想起了昨晚自己做过什么说过什么，脸色在阳光下瞬间变得惨白，“你……都知道了……”

“为什么那么做？”我冷冷地重复。

她回望着我，眼神中交织着种种情绪，我已无暇顾及，只那么死死地盯着她，等一个答案。

她望我良久，才终于艰涩地开口，语调是冷静之后的平静，她说：“你从来不知道吧，我也爱他，可是他眼中永远都只有你一个，我嫉妒得快要疯了，不，我是真的疯了，所以才会生出得不到便毁掉的想法。”

“我打着帮你送东西的借口去他家找他，那个时候他正在画画，只对我说了句谢谢便又埋下头，我被他的态度刺激了，我想如果换作是你，他再忙也会停下来陪你说话的吧。

“在那之前，我从来不知道自己心里竟然隐藏了那么邪恶恐怖的因子。我打算离开的时候手指不小心沾染了颜料，跑到厨房去洗，踢到了洗手台底下的煤气罐，不过瞬间的念头，罪过便已种下。我拧开了罐子，将所有的窗户关闭，你知道的，他一旦埋首画画，周围的一切响动与异样都引不起他的注意。

“我带着报复的快感离开那里，回家之后却坐立难安，到了晚上，不安与恐惧感愈加严重，我发疯般地跑回他那里，可惜一切都来不及了……”

“别说了！”我捂住耳朵，哀求地低吼。

良久的沉默。

“这两年来，很多个夜晚我都会被噩梦吓醒来，那些罪恶的秘密压得我喘不过气来，却谁都无法诉说。后来我常常想，我家里发生那样的事，一定是上天对我的惩罚吧。”

最后她说：“西曼，你报警吧。我不会怪你的。真的。”

我恨恨地望着她，然后抬手，对准她的脸颊重重地扇过去。

她怎么可以!

她明明知道我做不到，却那么平静地说：“你把我交给警察吧，为你心爱的男孩报仇。”

我起身，再也不看她一眼，走出房间。

当天，蔚蓝便从家里搬走了。

妈妈追问我缘由，我一声不吭地回了房间，将自己蒙在被子里，眼泪无声滑落。

蔚蓝，我不知道，是不是从此后，我们将要形同陌路？可此时此刻，我真的无法做到与你像从前那般坦诚相待。

对不起，答应你的事我没有做到。

爱是双刃剑，一边是甜蜜诱惑，一边是致命毒药。两者只一线之隔，获得希望抑或走向毁灭，仅在我们一念之间。

蔚蓝，你在我心中曾是那么善良的一个女孩儿，为什么会这么糊涂呢。

这仿佛一个天问，没有人能给我答案。

在眼泪与黑暗中缓缓睡过去，我多么希望一觉醒来，这一切都只是一场噩梦。

03 >>>

移民手续办下来的时候，我去了一趟郊外公墓。怀里栀子花的清香随着五月的风飘荡，沁人心脾。这是夏至最喜欢的花。

他的坟冢孤零零地掩埋在一大片修葺了墓碑的坟墓中，没有石碑，没有照片，清清冷冷，被世人遗忘。

我将花放在坟头，跪下将四周的杂草一点点拔掉，黄土嵌进指甲缝，却感觉不到一点疼痛。心里潮湿，却无法落下一滴泪来。

我找你这么久，预想过各种各样再遇的情景，可无论哪一种都不该是如今这般死寂的模样，任我怎样呼唤你，你再也无法应一声，而梦中那清冷动听喊我名字的声音，再也再也听不到了。

你说过，会陪我一起长大的，却这么残忍地失信。我宁肯你是不告而别，你抛弃我，你不再爱我，也不要你躺在这里成为我今生永远的痛。

身后有轻巧脚步声响起，转身，看到好久不见的江离徐徐走来，黑衣黑裤黑色帽子，手里抱着一束白色百合以及一块木牌。

他蹲下身，放下东西，伸手便开始刨土。

我惊讶望着他，他不理我，双手不停地挖，十指沾满泥土有鲜血溢出来，他也不在乎，过了许久，一个小小的坑呈现在眼前，他将那块小木牌插进去，又将土壤悉数掩埋回去。

木牌上的字映入我眼帘——画家夏至之墓，生1987年，卒2006年。江离、盛西曼立。

“谢谢。”我哽咽着开口。

“我欠他的。”江离轻轻说。

这一刻，我忽然原谅了他，以及他的家人。

“请你，代他好好地活下去，将他所有未完成的梦想与遗憾实现。”我轻轻说。

与江离一起离开公墓时，天已近黄昏，夕阳沉沉地落在天的那一边，微风吹乱头发，我驻足回头朝那个渐远的坟冢凝望，再见，夏至。我曾爱过并将一直记得的少年。再见。

纪睿的车与那言的车并排停在山下，他们依在各自的车上聊天，见我们下来，分别上车去倒车。

我正欲上车的时候，江离忽然叫住我，转身，他已朝我走过来，还未开口他一把将我拉进怀里，拥得那么紧，下巴抵在我头顶，他带了鼻音的声音沙哑地响在我耳畔：“西曼，珍重，再见。”

然后转身，连开口的机会都没有给我，就上了那言的车，绝尘而去。

剩我莫名其妙地愣在原地，不得其解。直至纪睿探头出来催我上车，才晃过神来。

“蔚蓝已经从宾馆搬去了亚晨那里，你别担心。”车上，纪睿忽然开口。

我点点头。

“不管你们之间发生了什么事，西曼，就看在你们这么多年的情分上，原谅她吧。”

“嗯。”我将头靠在椅背上，轻轻闭上眼。这些天来，我一直在同自己的心作斗争，这么多年来蔚蓝对我无限的好与包容，与她做的令我痛心的事反复交替纠缠，那种抉择，真的很痛苦。或许不太容易，但我会试着慢慢去原谅她。逝者已斯，犯下的错已经犯下，时间永远无法倒流，恨与报复很容易也是痛苦的根源，而爱与原谅才是解开一切心结的药引。

我让纪睿送我去青稞那里，始终联系不上她令我心里的不安感愈来愈严重。她住的地方比较偏，在城北一片杂乱的平房区里，我与蔚蓝曾去过一次，一路走去糟糕的环境令我们咋舌，垃圾丢满地，各色人等鱼龙混杂，旁边在修建新房产的缘故，日夜都是施工的噪声。青稞租的地方不大，十平米左右，设施简陋，除了几件陈旧的家私便什么都没有了。我们都劝她搬一个好一点安静的地方去，可她说：“十五岁起就住在这里，这么几年已经习惯了，枕着嘈杂声入眠，出门踩在垃圾上。嘿，怕到了安静的地方反而失眠。你说我这人是不是特贱。”

纪睿的车开不进去，我让他先回去，可他坚持要等我出来。

青稞的房门窗户紧闭，我敲了片刻门，没有反应，又大声喊她的名字，依旧没有反应。正当我想着她可能不在打算离去时，旁边房间的一个阿姨忽然凑过来，迟疑地开口：“你是住这里的人的朋友？”

见我点头，她又说：“你赶紧找人开锁或者把门撞开进去看看吧。这小姑娘应该在里面，这几天都没见她出门过，夜深的时候我老听到这房里有大声呕吐的声音……”

我返回门口使劲地擂门，大声喊青稞的名字。半晌依旧没有反应，我爬上狭窄的窗台，踮脚张望，终于，看见青稞蜷缩成一团，一动不动地躺在床上。

我从窗台跳下来，给纪睿拨了电话。

纪睿将木门撞开，我冲进去，只见床上的人已陷入半昏迷状态，脸色苍白，嘴唇干燥，额头烫得吓人，屋子里有一股呕吐物的酸臭味，我摇晃青稞的身体，良久，她缓缓地吃力地睁开眼，眼内布满了红血丝，茫然地望着我。

我扶她到纪睿的背上，一边说别怕，眼泪却掉了下来。我真是太粗心了，这么多天联系不上，我早该过来看她的，却因为自己的心情将朋友置于这般境地。

04 >>>

医院里。

青稞在药物作用下，缓缓睡了过去。

医生将我叫过去，语带责备地说："怎么照顾孕妇的呢，再晚一点，大人都将不保！"

青稞怀孕了。

我想起她曾满脸期待地说，想要一个孩子，给他全世界最好的疼爱。

如果青稞知道自己怀孕了，一定会很开心吧？

坐在病床边，看着熟睡中的她依旧深蹙的眉，伸手给她一点点抚平，又将手指缓缓移动到她的腹部，感受着那个小小的生命带来的震惊与惊喜。

“宝宝，你好吗？”我像个傻瓜似的用最轻柔的声音小心翼翼地对他打招呼。“宝宝，你要乖乖的哦，妈妈现在生病了，你一定要听话，要健康，不能给妈妈负担哦！”

说着，自己先笑起来了。

我开始期待青稞醒来后的神情，可我没想到她醒过来之后见到我的反应会是那么激烈。

我满脸笑意地对她说恭喜，她却看着我发出歇斯底里的笑来。

“恭喜？”她冷冷地望着我，一直望到我毛骨悚然，“你恭喜一个爸爸不承认的孩子？盛西曼，你是来看我笑话的对吗？”

“青稞……你怎么了？是不是跟纪元宏吵架了……”我蹙眉，爸爸不承认的孩子?

“不要提他！”她厉声打断我，情绪激动。

“告诉我，究竟发生了什么事！”我坐过去，试图抱她让她冷静下来，却被她狠狠地挥开，她一边哭一边大声喊：“你怎么可以装作什么都不知道地跑来问我发生了什么？你怎么可以这样对我！他说，他爱的人是你，是你，是你！！！”青稞抱着头，歇斯底里。

我只觉得浑身血液都气得要倒流了，无稽之谈！这哪跟哪啊！这些天我压根连纪元宏的影子都没见着。可是，青稞并不是个会说谎的人。我揉着太阳穴，让自己冷静再冷静，难道他真的对青稞说了这话?

“青稞，你冷静一点，听我说……”

“我不要听！”她手舞足蹈地挥开我，我压根连她身子都近不了。“当我对他说我有了孩子的时候，他非但没有开心，还那么嫌弃地让我去打掉……他说，他爱的人是盛西曼，不会承认这个孩子的，要和我分手……”

“青稞！！！你要相信我，我什么都没有做，或许……或许他是骗你的呢……”我真是要疯了，这个纪元宏到底抽了什么疯，你无耻到在女朋友怀孕之后不想承担责任要分手，可为什么要扯上我呢！

“他说他爱你，他说他爱你……”青稞哭喊得累了，抱着膝盖低声喃喃。

我很想骂一句，他爱我我不爱他关我屁事，可此情此景实在不是说这话的气氛。

我叹口气，说：“我去找他来当面说清楚。”

我拜托护士照顾好青稞，然后拨通纪元宏的电话，气急败坏地冲他吼：“你他妈在哪里？”

赶到纪元宏所在的台球厅时，他正悠闲地叼着一根烟在撞球，我冲过去，夺掉他手中的球杆丢到地上，一把拽着他就往外走。

“青稞怀孕了。”我低吼。

“我知道。”平静淡定的语气。

“你到底对青稞胡扯了些什么，她把自己搞得不生不死的，跟我去医院！”

“不去。”

我气得浑身发抖，想也没想抬手一个耳光扇过去：“人渣！”

他脸色一变，扬起手欲回扇过来，我仰着头，不躲不避，“你打呀，你除了欺负女人你还会做什么！”

他扬在空中的手僵住，片刻，忽然神经质般笑了，“随便你怎么说，哦，对了，转告青稞，让她赶紧把孩子打掉吧，我可不想几年后忽然冒出个野孩子抱住我大腿叫爸爸。”

说完，他转身又朝台球厅走去。

“你为什么要这么做？为什么要对青稞说，你爱的人是我，明明不是这样的。”我气极反而心平静下来。“她到底做错了什么，你要这样对她？”

他转身，望着我的神色变得异常冷漠而阴鸷，吐出的话一字一句仿佛带了强烈的恨意，可我实在不明白那强烈的恨意从何而来。

他说：“她唯一的错，就是不该与你做朋友。”

我半晌说不出一句话来。

原来，到底还是因为我。

05 >>>

我失魂落魄地回到医院，刚跨进大门，我拜托照顾青稞的护士小姐慌乱地朝门口跑来，我问她怎么回事?

她喘着气说：“不好了，病人不见了。”

我转身就往外跑，她那么虚弱，情绪又激动，医院外车水马龙，万一……

我不敢再想下去，一边跑一边拨电话给亚晨与苏灿，请他们赶紧过来一起找。

夜渐深，街上霓虹闪烁，车声人声鼎沸一片，将我焦虑的心搅得更加焦急，我穿梭在医院附近的大街小巷，心里不停呐喊祈求，青稞，你一定不要有事，一定不要。

苏灿、亚晨、蔚蓝很快赶到，我们在十字路口碰了下头，又很快分头去找。

汗水打湿了头发，衬衣黏成一片，脚上的球鞋将脚磨出了泡，我却半点也感觉不到疼痛。不知疲倦地在一个又一个小巷子里穿梭，路灯昏暗，没有行人，也顾不得害怕了。不知跑了多久，终于，在一个狭窄的巷子里发现一个蜷缩成一团倒在地上的身影，是青稞。

跑近，还未开口喊她，却被昏黄路灯下那一摊刺目的血迹吓得脚步一个踉跄。她脸上神色异常痛苦，大颗的汗珠顺着额头滴落下来，打在她咬紧的嘴唇边，手指紧紧地摁住小腹，痛苦的呻吟从她嘴里发出。

“青稞……”我抱住她，她试图推开我，却已经没了力气。

我一边流泪一边给亚晨打电话。

将她背回医院的时候，已经来不及了。

孩子没有了。

我蹲在手术室外，嘴里反复喃喃：“是我害了她，都是我……我就是个衰人，我就是个扫把星，谁沾上我谁倒霉……”

我一个接一个地扇自己耳光，苏灿冲过来搂紧我，“西曼，别这样，别这样。谁也不想这样的……”

我瘫倒在她怀里，哭得不能自已。

如果眼泪能够洗刷我的罪过，让青稞不受到半点伤害，那么就让眼泪淹死我吧。

青稞住院期间，拒绝见任何人。

我蹲在她病房门口一天一夜，她始终都不肯让我进去。最后是妈妈和纪睿将险些晕倒的我抱回了家。

妈妈告诉我，那晚她跑出去后，在巷子里应该是被摩托车撞倒才导致流产的。她身体在慢慢恢复，只是情绪波动太大。她拜托了护士好好照顾青稞，让我别太担心。等过几天她稳定下来，我再去看她。

可没过两天，她趁护士不留意，偷偷地出了院，下落不明。我去过她租的房子，可她已搬走，在清理房间的房东见了我骂骂咧咧地说，死丫头，还欠着我一个月房租呢竟然半夜给我落跑！

我也去过谜底酒吧，可领班说，她没来过。很多我所知她打过工的地方我一一找去，可都没有。

是呀，她存心想逃开，又怎么会让我找到呢？

城市这么大，茫茫人海要如何去找一个不想被你找到的人。站在车水马龙的街头，我缓缓地蹲下身，想着与青稞的点滴回忆，眼泪轰然滑落。

拖着疲惫的身体回到家，刚进门，妈妈便迎上来指着客厅里两个大箱子说："西曼，你的快递。也不知道是什么东西，这么大。"

我犹豫地拆开箱子，抽出里面的防碎泡沫，一幅幅熟悉的油画映入眼帘，是江离第二次个展上所有的作品。我心中一个咯噔，急切去找寻某样东西，果然，在第二个箱子的最底层，静静地放着一张卡片。我伸手，缓缓地，缓缓地打开，只短短一行字——

西曼，对不起。

我跌坐在那堆油画中，反复地看着纸上清清冷冷的几个字，嘴角一点点荡漾开来，笑声越来越大，直笑到眼泪四溅。

妈妈惊慌失措地凑过来看我手上的纸，然后静默地蹲下身，将我紧紧地搂进怀里，轻轻拍我的背。

"妈妈，我好累啊……为什么活着这么累啊……"我蜷进她怀里，汲取怀抱里令我安心的温暖，那种感觉，好像小时候在外面摔倒受了伤，回家找妈妈哭诉，她也是这般将我搂在怀里，轻轻拍我的背，说，不痛了不痛了。

身上的伤痛很容易结痂，可心里那些细细密密的伤口，要花多少时间，经多久沧桑岁月，才能够一点点抚平呢？

06 >>>

我一直没有放弃找青稞，可一点消息也没有。直至有一天，我接到纪元宏的电话。

纪元宏在电话里不耐烦地说：“盛西曼，你赶紧过来将青稞这个疯女人带走吧，她在我这大吵大闹着要跳楼呢！”

我不疑有他，赶紧拦了辆出租车过去。夜幕刚刚降临，马路上异常堵塞，我拨青稞的电话，回答我的依旧是冰冷机械提示关机的女声。我催促司机快一点，司机心情不太好，口气很冲地说：“催什么啊，没见现在堵着呢！”

我索性拉开车门跳下去，去巷子口叫了一辆摩的。

当我以最快的速度赶到纪元宏住的地方时，却连青稞的影子都没看见，他正闲闲地坐在沙发上喝啤酒看电视，看见我，他冲我勾起嘴角笑了下。一把将我拽进房间，而后将门重重地关上。

到这个时候，我依旧没有意识到危险，只是厉声问他：“青稞呢？”

他拍拍手：“啧啧，真是姐妹情深啦！”他伸手挑起我的下巴，倾身朝我靠近，嘴角勾起一抹冷笑：“如果青稞知道你主动送上门来勾引我，你说，她会不会更恨你一点呢？”

刺鼻的酒气喷在我鼻端，令我胃里刹那间翻江倒海，危险的信息此刻终于蹿入我脑海里，我心里害怕得要命，却竭力让自己冷静一点，警告说：“你别乱来！”

可退抵墙壁再无退路，他双臂撑在墙上箍住我身体，任我怎样挣扎都逃不开他的钳制，他的头慢慢往下倾，我抬脚狠狠踩下去，趁他吃痛往门边跑，身体却被他再次拽回来，重重摔向沙发上。头撞上木头茶几，一阵晕眩过后感觉有液体缓缓从额角滑落，模糊了视线，我终于忍不住哭出来，望着他靠近的身体，边后退边大骂：“王八蛋！人渣！畜生！如果你爸知道你这样对我，他一定会杀了你……”

话未落音，我脸上重重地挨了一巴掌，他的神色在顷刻间变得特别可怕，双目充斥着令人战栗的仇恨光芒，身体重重地朝我压过来，汗水味混淆着他身上的酒气，令我作呕，我颤抖着身体，手指攥紧沙发套，心里无比绝望……

忽然，门“嘭”地被砸开，透过蒙眬的泪眼，逆光中，我看见青稞面无表情地站在门口，手里拿着一把铁锤。

趁纪元宏晃神的瞬间，我一把推开他，试图从沙发上起身，双腿的颤抖令我一个趔趄，摔在了地上，再也起不来。

“啪啪啪！！！”三声清脆的耳光响在我头顶，快准狠，而后我听到青稞说：“第一个耳光，为西曼；第二个耳光，祭奠我曾经的爱情；第三个耳光，为失去的那个孩子。”

她将我从地上扶起来，走向对面那栋楼。

当我看见她房间里那架正对着纪元宏房间的望远镜时，明白了为什么她会忽然而及时地出现了。

她放了热水让我去洗澡，又找出她的衣服给我换。

哗啦啦的水流中，我身体还在发抖，滚烫的水漫过皮肤，却冲刷不了深深的恐惧。

“我打电话给江离，却是那言接的，他马上就过来。”青稞说，眼睛却没有看我。

我靠在床上，疲惫地点点头。我有很多话想说，却半点力气也没有。

那言很快赶了过来，看到地上被我换下的撕烂了的衣服，沉声问：“发生了什么事？”

青稞说："别问了，你带她走吧。"

我浑身虚脱无力，根本没法走路，那言将我抱下楼。

青稞跟在他身侧，在我上车的前一秒她忽然开口，声音很轻很轻，语调里是浓浓的哀伤，绿色眼影在明明灭灭昏黄路灯的照耀下，折射出幽冷的光芒，如同她的话。

她说："盛西曼，自此后，我们两不相欠，再不相干。"

转身，离去。

我早知她爱恨激烈，却没料她决绝至此，连一个解释的机会都不肯给我。

那之后，我再也没有见过她。

我眼泪再次淌下来，无可遏止。

我闭上眼，对那言说："别送我回家，随便哪儿都行，只要不回家……"

这副模样的我，回家一定会让妈妈担心的。面对她的追问，我难保不会将事情据实相告。

那言点点头。

我做了一个又一个混乱的噩梦，梦中无数个人影纷沓而至，却又匆匆离去。任凭我怎样苦苦挽留，都只肯留一个决绝的背影给我，挥挥手，不再见。

我是被一阵急促的门铃声从梦中吵醒的，恍惚地睁开眼，陌生的环境令我有不知身在何处之感，看了片刻才想起自己是在那言家里。

门铃依旧不知疲倦地叫嚣，我起身，拉开门的刹那，睡意全无，门外竟然是苏灿！

"苏姐姐……"我讷讷地开口。

她举起的手僵在半空中，眼睛睁得老大，一脸难以置信的模样，然后，她转身就走。

我揉了揉太阳穴，该死，又产生了误会！赶紧追了过去，可她跑得好快，当我赶到电梯口时，正好载着她下去了，我转道往楼梯去，不要命地跑，下到一楼，苏灿已穿越斑马线，到了马路对面，我顾不得已是红灯，一边喊她一边往对面冲，在大片刺耳的喇叭声与急刹车声中，我有惊无险地冲到对面，苏灿已折身朝我跑来，扶住气喘吁吁的我，劈头大吼："你不要命了吗！"

"苏姐姐，你听我解释……"我生怕她再走开，语气急切："我与那言真的没什么，昨晚发生了一点事故，我在他家借宿了一晚而已，他回父母家了，真的。"

苏灿叹口气："对不起西曼，我没有生你的气，真的，只是心里难过，无论我怎么努力，都得不到他的爱。你明白那种绝望感吗……"她声音低下去。

我点头。

"不要跟他说我来过。"

"嗯。"

"我走了，再见。"她摸了摸我的脸，然后转身。

我没想到，她那句再见是在同我告别。

第二天，亚晨打来电话说，苏灿离开了，目的地不详。书吧留给他处理。

亚晨说，或许这样也好，留在这座城市看着一个永远也无法得到的人，只会徒增伤心与痛苦，不如去到更广袤的天地，活得洒脱而恣意一点。

我握着话筒沉默了好久好久，心里被挖的那个洞越来越大，越来越空，初夏的风从窗口吹进来，直直灌进那个硕大的黑洞，那么那么冷。

我生命中很多重要的东西，似乎在这一场又一场别离中，被带走，流浪到了远方。

07 >>>

蔚蓝又搬回了纪睿家里，她将我拉进房间说的第一句话是：纪元宏那人渣在哪儿?

我慌忙捂住她嘴巴，示意她小点声。放开手，我疑惑地问："你怎么知道?"

"青稞离开前找过我。"她轻轻说。

"她去了哪儿?"

"不知道。"蔚蓝摇摇头，"只说离开这座城市。"

我沉默了片刻，说："忘了这件事吧，以后不要再提起。"虽然我心里清楚，自己压根就没有办法忘记那地狱般恐惧的一幕幕，可为了纪睿，为了妈妈，我宁愿当作从来未曾发生过。

蔚蓝握紧拳头气得咬牙切齿："那种人渣你怎么可以姑息，那只会长他的胆，还会有下次，再下次的……光想想，都可怕得要死！"

"算了吧，这个月底我们就离开了，以后难得有机会见到。"起身的瞬间，我没有看到蔚蓝眼中迸发出的强烈怒意，如果我再细心一点，即将到来的悲剧便不会发生。

而这一切的引子，只因为我晚上接二连三的噩梦，每次都是蔚蓝拍着我的脸将我从梦魇中唤醒，她说，我在梦中不停地哭喊着别过来别过来……然后将自己蜷在床角。

她说："你让我忘记那件事，可你心里压根就没有忘记！那已成了你心中挥之不去的梦魇。"

我低下头，无言以对。

当我再次从梦魇中惊醒时，发觉自己摔在了床下，蔚蓝并不在床上。我一惊，睡意全无，急忙去敲隔壁纪睿的房间，大声说："快去找纪元宏。"

纪睿问："出什么事了？"

我说没时间解释了，得赶紧找到纪元宏与蔚蓝。

我们开着车先去了纪元宏住的地方，敲了好久的门，没人应。后来是隔壁的人跑出来抱怨说："别敲了，他今晚上夜班！"

我们又朝他上班的酒吧赶去。

可还是迟了，一切都迟了。

霓虹闪烁的酒吧门口，围满了人，人声，警笛声，救护车的呜咽声，乱糟糟的一片。

白色担架上的纪元宏浑身淌血，已经没了气息，纪睿踉跄地跑过去，目光刚碰到担架上的人，他双腿一阵颤抖，跪倒在地上。

被铐上手铐的蔚蓝被两名警察押着，一步步朝我走来，闪烁的灯光打在她异常平静的脸上，没有战栗，没有害怕，有的只是平静的绝望，那种神色好熟悉，熟悉得令我害怕，对，曾在她妈妈脸上见过。

她与我擦肩而过时，轻飘飘的话随风蹿入我耳朵里。

"西曼，我终于将欠你的，还了。"

我蹲下身，抱头厉声尖叫。

08 >>>

纪元宏的葬礼在一个星期之后举行。

纪睿抱着纪元宏的照片站在殡仪馆门口对前来凭吊的人深深鞠躬，一夜之间，他仿佛老了二十岁，沉重的打击令他的头发一夜全白。

我穿黑衣，戴着黑色墨镜，站在离他不远的地方，静静地看着他一鞠一躬间微晃的身体，心里如有千万只蚁虫在啃噬般。

当所有的人都离去时，我才缓缓地走过去，步伐那么沉，站在那个曾令我恐惧让我害怕的人面前，深深鞠了六个躬，三个为自己，三个为蔚蓝。

死者为大，再深的恩恩怨怨，都随风飘去吧。

只是有些事情，注定无法再隐瞒。蔚蓝杀人的动机赤裸裸地暴露在日光之下，妈妈听后直接晕了过去，而纪睿，手指深深掐进肉里，对着我鞠了一个九十度的躬，子不教，父之过。我明白他的心思，所以并没有阻止，只有这样，他心里才会好受一点。

“纪叔叔，”我第一次正正经经地喊纪睿叔叔，“这一切因我而起，你告诉我，纪元宏为什么这么恨我。”

“不，与你无关，一切的罪孽都由我而起，该死的人是我……”

所有的罪恶因果始于一个暴雨夜，那晚，因为某些原因，纪睿与妻子再次大吵起来，纪睿喝了酒，酒劲令他失控，当妻子第N次拿出他抽屉里的一张照片质问他“既然对这个女人始终念念不忘那你娶我干什么”时，他口不择言顺着她的话接道，是，我是对她念念不忘，这辈子下辈子都忘不了！

他不知道，他一句或许是酒意上来无心的话，却将一个爱他的女人打入了地狱深渊。

他妻子伤心之下，冲进了暴雨中。

一直躲在门外的纪元宏也跟着母亲跑了出去，雨愈下愈大，他一边跑一边哭一边大声喊着妈妈，当她终于发现儿子跟过来时，回头的刹那，被打在儿子身上大片刺眼的光芒吓得魂飞魄散，她飞扑过去，将纪元宏推开，自己却躺在车轮下，再也没有醒过来……

那一年，纪元宏才八岁。

八岁的小孩已能听懂父母争吵的内容，而当他爬到浑身是血的母亲的身边，从她手中掰出那张让他失去母亲的照片时，照片上的那张脸便永远地镌刻进他眼里，一种名叫仇恨的东西，也是从那一刻开始，永远地烙进他的眼底。

而不幸的是，那张照片中的人，是我的妈妈。

一场报复的计划从纪元宏见到妈妈那一刻，便开始了。

而我、蔚蓝、青稞，以及他与青稞未出世的孩子，都成了这场仇恨中无辜的棋子。

恨，永远是这世间绝望的一种东西。它毁灭掉所有的善意、真诚、宽容、美好、笑容、希望，以及，爱。

09 >>>

蔚蓝一共拒绝了我二十次会面申请，每一次我都坐在会面室里等到太阳落山，其实我心里很清楚结果，她不会出来见我，可我依旧坐在那里，看太阳从东边照进房间，又慢慢地消失在地平线，仿佛完成了陪在她身边看一场日出日落的仪式。

最后一次去监狱看她，我对那个无奈地朝我摇头的狱警说：“麻烦你再跑一趟，就说我晚上的飞机离开。”

十分钟后，我没等到她最后一面，只等来了一张小纸条。

这一次，我没有再等到日落，拿着纸条缓缓转身，走了出去。

在监狱门口，我远远看见朝这边走来的亚晨。

我们坐在马路边迎着七月炎热的太阳，沉默地坐了好久。

“她还是不肯见你吧。”亚晨轻轻开口。

“嗯。”

“她依旧也不肯见你吧。”我问。

“嗯。”

沉默。

“我申请了里昂那边一所美院，他们通过了我。可是，我已经不想去了。”亚晨说。

我没有作声，也没有惊讶地问他，什么时候偷偷进行的这件事。以他对蔚蓝的心意，听到蔚蓝要跟我一起移民时，他的这种举动一点也不奇怪。

“我原本以为，我们三个可以一直一直在一起，如初识的那些岁月，打打闹闹，分享彼此细微的小快乐，分担彼此无足轻重的小痛苦。我原本以为……”

亚晨的话跟随他离去的背影，在阳光下渐行渐远，直至消失成太阳下的一个小黑点。

我眯起被阳光刺痛的眼睛，将在手心捏出汗的那张小纸条高高举过头顶，刺目的阳光穿透脆弱的纸，穿透熟悉的字迹，穿透那些我们并肩而行的美好小时光。

我坐在七月的烈日下，伸手拥抱住自己的身体，将头埋在膝间。

“西曼，对不起。我再也无法遵守曾对你许下此生不离不弃的约定了。保重。”

10 >>>

候机大厅的小咖啡吧里。

那言三番两次欲言又止，我提包起身，轻说：“如果是不能说的事情，那么就别说了。谢谢你来为我送行，再见。”

转身时，他忽然又叫住我。

“我希望你不要恨江离。”他说。

我回头，苦涩地笑了笑，想开口说点什么却终是作罢，摇了摇头。

“他迫不得已才离开，痛苦并不会比你少。”那言叹口气。

我缓缓坐回椅子。

“你应该知道，心脏移植手术就算两人之间的血型与组织再匹配，机体的本能仍然会排斥被移植的器官，所以需要长期服用药物来控制免疫系统的反应。”

我点点头。

“而再成功的手术，移植的心脏在新宿体里存活的期限最多……最多……十年。”那言掩面，语调哀伤。

我的心里一窒。

原来如此。

我应该早就猜到他是因此而离开我。

“他去了哪儿？”

“我不知道。他只带走了一些随身衣物与画夹，留了一张纸条给我们。”

从此决定浪迹天涯、四处为家了是吗?

你自认为为我做了一个好决定，却从来不知道我心里真正想要的是什么。

你可真残忍。

我将脸深深埋进掌心，伏在桌子上良久良久，直至广播响起登机的提示音。

我起身，朝安检走去。不回头，是不是便不再有牵绊?

巨大的轰鸣声中，飞机缓缓划过云层，我将脸靠在玻璃窗口，往下张望，那座城已远远地抛在身后，再望不到它的轮廓。只有大片大片的云海翻腾，如梦似幻，我轻轻闭上眼，在轰鸣声带来的片刻晕眩中，仿佛听见胸腔内某些重要的东西，脱离我而去，穿破机舱，纷纷跌落在轻柔绵软的云絮中，消失不见……

尾声

[地球是圆的，总有一天，我们会再次遇见想要遇见的人。]

背着画架出门的时候习惯性开信箱，从一堆法文账单信笺中翻出一张盖着我熟悉的那个国度的邮戳的明信片，依旧是不变的山河风光，只是这一次邮戳的印记换成了另一个地方，彩云之南的香格里拉。苏灿清秀的字迹映入眼帘——

地球是圆的，总有一天，我们会再次遇见想要遇见的人。

勿念。

将明信片贴在胸口，嘴角轻扬，知道你过得很好，我便心安。

这是我到里昂的第三个夏天，这两年来，我收到过苏灿从祖国各地寄来的无数张明信片，每次都只是寥寥数语，说着在外人看来莫名其妙的话，可我懂。

有一些无声话语，只有寻梦的人，彼此听得见。

偶尔也会收到亚晨的信，随便从速写本上撕下一张纸，短短几句话，多是当时的心情或身边人讲的一个冷笑话，他记录下来，再配上情景四格漫画，漂洋过海而来。每次都令我忍俊不禁傻乐许久。

只是那个在我们心中重要的人，因为太重，所以从来不提及。

从来不。

那言偶尔给我打国际长途，在昂贵跳动的电话费里，说些有的没的，我恭喜他升了正一级工程师，他祝贺我终于可以用法语流利地问路。

他对我的那一丝心意，他再也没有提起过，而我，也只当不知。

也许那并不是爱情，我希望那不是。

我们讲着电话，最后总是在一片沉默中切断电话。我将话筒握在手里许久，想问的话，牵挂的人，永远都欠缺一点勇气若无其事地说出来。

因为害怕得到不想要的答案。

周末的白莱果广场永远都是人潮如织。我背着画架穿梭在一群写生的画者中，熟练地用法语跟他们打招呼问好。

金发的犹太裔少年纳瑞用生涩的中文打趣我：“西曼，你就是中文谚语中所说的不到黄河不死心吗？”

我冲他扮个鬼脸，找个地方支起画架，又将一张大大的写着“免费画像”的牌子支起，开始等待顾客上门。

可没有人愿意找我。

在第N个被免费诱惑找我画像的人的愤怒下，我在广场上“声名鹊起”，再也没人愿意给我画，我发誓我绝对不是故意将他们的脸画成猪八戒的！

尽管如此，我每个周末依旧会如常出现，所以才会惹来纳瑞的打趣。

我想天赋这种事，大概真是与生俱来，后天怎么都强求不来的吧？要不两年过去，我的画技怎么一点长进都没有呢？

还记得两年前我去某画廊拜师学艺，老师问我，你已过了最佳学画年龄，为什么还要学画？我沉吟了片刻，轻声说，我爱过的两个男生都是学画画的。

因为这句话，他收下我。

一年之后，他大概从来没有见过我这么手拙且不开窍的学生，抓狂地将我丢出了画廊，并附送一句：你是我职业生涯中唯一的失败！

我不置可否，觉得法国人真是莫名其妙！